阳 光 文 库

毫无缘由的独白

汪剑钊 ——

著

黄河出版传媒集团
阳光出版社

图书在版编目（CIP）数据

毫无缘由的独白 / 汪剑钊著. —— 银川：阳光出版社, 2022.8
（阳光文库）
ISBN 978-7-5525-6463-1

Ⅰ.①毫… Ⅱ.①汪… Ⅲ.①诗集－中国－当代
Ⅳ.①I227

中国版本图书馆CIP数据核字(2022)第156802号

阳光文库·毫无缘由的独白   汪剑钊 著

责任编辑　丁丽萍
封面设计　晨　皓
责任印制　岳建宁

黄河出版传媒集团
阳 光 出 版 社　出版发行

出 版 人　薛文斌
地　　址　宁夏银川市北京东路139号出版大厦（750001）
网　　址　http://www.ygchbs.com
网上书店　http://shop129132959.taobao.com
电子信箱　yangguangchubanshe@163.com
邮购电话　0951-5047283
经　　销　全国新华书店
印刷装订　宁夏凤鸣彩印广告有限公司
印刷委托书号　（宁）0024371

开　　本　720 mm×1000 mm　1/16
印　　张　14
字　　数　100千字
版　　次　2022年8月第1版
印　　次　2022年9月第1次印刷
书　　号　ISBN 978-7-5525-6463-1
定　　价　32.00元

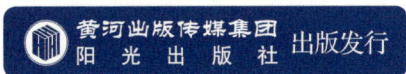

诗歌有自己的伦理

最近，一位朋友发来微信，向我提出了这样的问题："疫情发生后，怎么还有心情读诗，听诗，又如何写得出诗？你如何看待诗在生命中的意义，尤其是在灾难、变故、困境之中的意义？"我想，这些疑问不仅存在于这位朋友的心中，而且也是相当一部分人面对诗歌与现实时可能产生的疑惑，这是值得每一位诗歌写作者认真思考的。

我想，要回答这些问题，必须明确诗歌的功能和它的发生学。诗人受某个人、某件事或某一场景的刺激和引发，开始于"非说不可""不吐不快"，随后，脑海里便出现了词与词之间的互相运动，它们交接、碰撞、摩擦、和解、融合、重组……于是，最初那些模糊的碎片逐渐向一个清晰的目标靠拢，由一个点伸展为一条线，再由线的生长扩展到面的溢生，最终定格于一首诗的完成，中间有普遍的规律，也有自己的特殊性。从社会学意义上说，诗面对的是整个世界，表达的是丰富、复杂的人性，它要体现人对真、善、美的向往和追求，以及在求索过程中所暴露的软弱、缺陷和不足，包括内心的各种活动和外界的多重刺激，自然与社会的对立统一，时间和空间的纠缠与变幻，等等。总而言之，诗是语言的艺术，是人类对万物进行抽象的结果，但又指向一个新的具象，一个由词语和声音重新打造的新空间。

德国哲学家阿多尔诺在《文化批判与社会》中说道："奥斯维辛之后，写诗是野蛮的。"这是一个饱受争议的断言，也常常被某些人用来指责诗人对一些天灾人祸或者突发性事件所作出的诗性反应。这里，我想说一下个人的理解。首先，阿多尔诺在说这句话时有一个背景，那就是纳粹分子曾在集中营举办音乐会和希特勒本身还是一个小有才气的画家这样的事实，这些所谓的"艺术"实际就是对人性的践踏。其次，在奥斯维辛集中营存在的同时，一部分艺术家、诗人无视劫难的存在，继续进行反现实创作，一味地吟风弄月，营造歌舞升平的假象，在客观上起了帮凶的作用。其实，阿多尔诺在那篇文章中还有一个思考经常被人们忽略，那就是"今日写诗何以可能"。他本人没有给出明确的答案，但我想，他应该有自己的立场，那就是倡导一种否定的艺术，对技术时代戕害人性的做法予以抨击，重塑美好的人性。这就是说，阿多尔诺并非完全否定诗的存在，他拒斥的是那种虚假的、粉饰的诗，而呼唤一种有生命热度、有力量的诗，给人以思维上的警醒和精神上的提升。

中国人说"诗言志"。关于"志"，较常见的有两种解释：其一，指的就是诗人的志向、抱负和理想；其二，指的是记忆，诗人的任务就是记录自己的所见、所闻和所感。对这两个释义，我觉得都是合理的，它们也是诗的意义所在。因此，我也认同"言为心声"的观点，诗人首先应该是一个人，他要维护人的生存权，关注个体的自由、尊严和个性；同时，也必须承担社会责任，通过自己的文字在公共领域发声，为人类的正义、幸福奉献出自己的力量。正是有着这样的预设，诗也发挥着与其他艺术门类、其他媒介、其他文体相同或不同的作用，它抚慰人们的心灵，表达个人的喜怒哀乐，全人类对真理的探索、对美的憧憬和善的呼唤，对假恶丑的揭露与抨击。我认为，诗人是时代最敏锐的感应器，所谓"愤怒出诗人"也恰恰是感应的最好例子。诚然，诗因其特殊的生成和传播，有着一定的非实用性或"无用性"，有时甚至还显得柔弱、无力。殊不知，力量有时就蕴藏在这份看似柔弱的坚韧中，就像温柔的水滴一样，具有穿石的潜力。因此，疫情当前，读诗、听诗和写诗，都有它的合理性，加之诗歌本身还具有柔能克刚、摧刚为柔的转换能力，更是为前述行为保持其连续性提供了超越文学之外的依恃。

但是，需要指出的是，诗人在写作中的感应显然不同于普通人的感应，它需要显示其职业性的特征，也就是说，他的愤怒应该是诗人的愤怒，书写的文字必须符合诗的要求，充溢于笔底的良知必须是诗性的挥发，在情感表达、想象力的激发和词语的组合上，显示出一定的创造性。涉及灾难诗或当前的疫情诗写作，那就是它们必须是货真价实的诗，而不是简单的口号，不是粗制滥造的散文的分行，不是词语的堆砌，更不是假大空的献媚和点赞。我觉得，判断一首诗的好坏，情感的真挚与否当然是第一位的考量，与之相关的就是审视其表达方式是否具备美学意义上的个性，遣词造句是否达到了陌生化的组合，辨识诗中的词语哪些真正来自作者的内心，哪些属于从其他地方"租赁"和"窃取"来的，其中尤其要警惕那些通用性的大词、圣词。说实话，当一个诗人不断使用从别处借来的陈词滥调时，他所抒发的东西又能有多少"真挚"与个性？顺便说一下，目前有一部分"抗疫诗"跟当年汶川地震时铺天盖地的那些"抗震诗"有得一拼，尽管打着正义、良知、仁善的旗号，但都不过是一种肤浅的文字喧嚣，作为作者的个人宣泄，大概有一定的作用，倘若因此就将它们看作是诗，则无疑降低了诗的美学品格。至于一部分"冠状君"式的"作品"，实际还传播着语言的病毒，对现代汉语来说是严重的污染。

特殊事件或灾难来临之际，我们无需对所有人的行为作千篇一律的要求。面对疫情马上有感而发，写出真正反映疫情的诗歌，或鼓劲或针砭时弊，自然是大好的事情。但是，如果一个诗人尚未产生深切的感受，即使不作即兴式的发声，也必须得到尊重，毕竟每个人的写作习惯不一样。诗歌不是新闻，它也不可能以报道式的面目出现。况且，根据文学史的考察，如果与当时的人与事拉开一定的距离，反而更有可能出现杰出的作品，因为本质大多藏在现象的深处，需要时间穿透。另外，我觉得，在特殊的时期，也应该允许诗人从事表面上与严酷现实无关的工作。例如，众所周知的是，1830年，俄国诗人普希金曾在乡下遭遇一场瘟疫。在交通被阻隔的情况下，他创作了数十首抒情诗，诗体小说《叶甫盖尼·奥涅金》的几个片段，以"别尔金小说"为总题的五个中篇小说，还有几个小剧本。这一令人惊叹的创作成就在文学史上被称作"波尔金诺的秋天"。但耐人寻味的是，其中的大部分作品并没有涉及当时的那场瘟疫，不过，它们依然不失为俄罗斯文学的瑰宝。也就是说，在一个健康的社会，我们应该有一种宽容，允许每个人在无害他人的条件下作出自己的选择。诗歌有自己的伦理，它服从至高之美的律令，写或者不写，都应该诚实地遵从自己的内心，写什么或不写什么，也应该由写作者根据实际情况来定夺。

如前所述，诗人和作家有着最灵敏的感官，现实中的任何一点变动都可能在他们的内心掀起一阵波澜。不过，有时也有那样的情况，社会意义上的所谓大事件并非每一次都会引发他们的发言。这一点也使他们与新闻工作者区别了开来。另外，令人觉得吊诡的是，有时，诗人和作家，他们的先锋性恰恰表现在对某些旧事物、旧传统，甚至老古董的迷恋，相比一部分时代的弄潮儿，作家们似乎大多具有一种翻旧出新的卓异能力，他们在审美上的嗅觉和语言上无中生有的能力使得他们随时随地可以创造一个崭新的现实，从而让一个物理的现实黯然失色。当然，我的这个理解针对的是少数成熟的诗人和作家，因为，他们的生命体验、想象力、知识视野、对真理的洞察力和语言的表现力，已经到了一个非常高的标尺上，并且达到了相互匹配、契合的程度。

　　上述种种都是我对写作的一些粗浅认识，记录在此，也是一种自勉。

目 录

美总是安静的

美总是安静的，
脆弱，就像一片花瓣，
春风刮过，它只是
略微点一下头，
与天真的绿叶妹妹继续
憧憬绚烂的未来。

爱情总是动人的，
活泼，就像鲜红的血，
哪怕在脉管里潜伏，
依然有自己隐秘的路径，
流淌，从头颅到手指
神经的末梢。

生命总是不朽的，
永恒，就像天空与大地，
太阳与月亮的轮替，

哪怕死亡来临，

也只是变换了

一种存在的方式。

二〇一三年二月十一日元宵节

继 父

是的，我们没有血缘，

但我们一起踏过那些故事流传的大道小径，

喝过同一条河流的活命水，

亲情的液体早已融进各自的血管……

除了感恩，没有别的容器可以收纳。

死亡犹如潮水，涌来，卷走……

大海也有鲜花怒放，汹涌，并不结果。

一个亲人，又一个……离去……

我竭力阻止，但功亏似乎总在一篑，

死亡总能滑出痛苦的警戒线，

数千里的奔波只是在一寸寸镂刻悲伤的空心球，

痛苦锁紧的心脏摆脱不了被嘲弄的结果，

我听到的只是双眼紧闭的沉默，

灼热的泪水无法烤暖逐渐冷却的双手，

哽咽不能增强你脉搏地跳动……

曾经以为，母亲不会老，父亲不会死，

浩荡的河水不会枯干，巍峨的山峰不会塌陷，

死亡不可能霸占蓬勃的一切；

但狄兰·托马斯已被恐怖的谶语带走，

让时间跌了一个大跟斗……

而今，妈妈的黑发只是在白发丛中穿行，

父亲的笑容唯有记忆方可重现。

哦，来自泥土的肉体终将归于沉默的大地，

灵魂这自由的天使飞向虚空。

是的，你来过这个艰难的世界，

又那么匆忙地离开，

留给非亲生的儿女刻骨的遗憾和铭心的忧伤。

时序比风更快地掠过大地的身体，

今年的冬天比冬至日更早抵达多愁善感的灵魂，

死亡，是的，死亡

是魔性的王者……面对扫荡一切的潮水，

除了坚强，没有别的堤岸。

二〇一四年十二月十一日

母亲是我的祖国

春天照例摇曳纤巧的身躯，

一路晃闪绿色的鳞片，

搅皱了灞河与滻河平静的波纹，

夜以继日地冲刷古长安遗留的历史泡沫……

五点钟，夕阳缓缓脱去锦缎的外衣，

懒散地挂上敌楼的飞檐。

我陪着母亲探访北地的风景，

领略纤秀之外的壮美，

去攀爬修复如初的古城墙，

它沉稳的宽度要大于严肃的高度

期待在传奇多于史实的城市高处有一小会儿的伫立，

写意地勾勒汉唐帝国曾经的荣耀，

远眺未央宫的废墟和新近筑建的风情园，

这并非凭吊随性倾斜的历史，

更不是无聊的猎奇与虚妄的占有，

仅仅作为顺道的过路客，

循着砖石的温度，抚触一下纪念碑的纹理，

让孤独之花缀满真实的绿叶，

让虚无的肉身因此拥有存在的硬骨头。

母亲拾级而上，

脚步迟缓，脊椎也有微曲，

背影如同墙缝里凸起的一块青砖，

饱经风霜，美丽因为遭受挤压而略显残损，

但依然勉力支撑着整个建筑的高度。

她的发丝飘拂，恍如白昼仍然驻留天空的星星，

不引人注目，兀自闪烁善良的光芒，

伴随着空气的颤动，

仿佛在与门廊上的两面彩旗相互致意，

这或许正是忘年交往的对视。

夜幕低垂，灯火初起，

我小心搀扶着母亲蹑足而下，

唯恐踩碎那沉默的月光。

蓦然，一阵喧声袭来，犹如烈马的奔腾，

又迅疾地归于寂静，仿佛潮水重新退回到海的深处……

我左手倚墙，右手抓紧母亲的胳膊，

而祖国恰好抵紧了我的掌心。

二〇一五年五月二日

诗歌是另一条高速公路

诗歌与路的亲密由来已久，

这并非传奇，更不是高蹈的象征；

作为生命的大美——艺术的纯真，

太阳给出热烈的支持，

流水也曾给出切实的证明，

一群快乐的麻雀追随一片透明的云彩，

飞向蔚蓝的远方……

风，与光在旷野里交会，

蒲公英与泥土结成新的同盟，

把石头夯进地的深处，

哦，筑路的人

永远走在路的前头……

沉默，成为白昼最忠诚的旅伴，

丈量生命的长度；

而在暗夜，他们是隐蔽的

灯盏，穿越身体的屏障，

与月亮遥相照映。

或许，玫瑰习惯为夏天而叹息，
夜莺热衷于歌唱甜蜜的爱情……
而我看见，在尚未竣工的道路上，
尖细的石粒正硌痛筑路者的大脚板，
握紧镐铲的黑如焦炭的手……
汗水从略显佝偻的脊背
滚落，滋润着干渴的路面，
一根根经脉凸起，
仿佛扛起了世界的基座……

为此，哪怕嗓音如同乌鸦，
哪怕头顶一片比铅铁更沉重的雾霾，
我也要再一次抒情：
哦，诗歌是另一条高速公路，
伸向精神的蔚蓝……

二〇一六年十一月十一日

櫻花手记

灿烂，犹如筹划一个世纪的婚礼，

櫻花的骨节与梢顶依稀有磷光闪烁，

无叶的枝杈张开燕子的翅膀，

仿佛接受太阳的检阅；

两只松鼠溜过，踩踏树下熙攘的影子，

细爪拨动大片疑似的雪花，

躲过了镜头，径直走进回忆……

恰似一大群昨夜走失的星星，

在光年计算的宇宙，人比花瓣更渺小；

但蚂蚁与蝼蛄在草地聚会，

庄重而和谐，自成法纪森严的王国。

时间无法自证，需要空间的支持与帮助，

具体终将归于抽象，

恰似肉体比骨骼更早地萎缩……

櫻花无法掌控自己的命运，

暧昧的身世让它比玫瑰更容易受伤，

风是它的克星，一次次证明红颜的易逝。

"一切是捕风，一切是捉影，

虚空的虚空，凡事皆虚空。"

于是，春天的真实与所罗门的智慧

构成了生命的两极。

古朴的城堡永远在路侧守伺，

这痴情而衰迈的骑士，在石阶上

等待樱花结一枚果子，

只为在秋天镂刻心形的纪念；

或者敬慕那桃花，铭感于农家的盛情，

惊扰一潭深梦，泛起千年的涟漪……

人面与樱花，相映成聊斋的注释：

樱花的沉默孕育了尘世的喧嚣……

二〇一七年三月五日

偶 遇

又可以说成邂逅，

就是马拉美的骰子，

一掷，决定了人生的全部：

比如人与物和事，

比如你我，比如他和她，

比如那自杀者坠楼，

却意外谋害了无辜的路人；

我更看重"偶"背后的"然"，

所谓主宰，所谓原因，

也可能是结果，

它更是宿命最亲近的借代，

在时间的序列里，或许

可以成就旷世的姻缘，

或许，让一根稻草压倒骆驼，

而一个微笑，让才子

变成了家奴，

一个苹果，让美人失踪，

引起十年的战争，或者

让人类背上了不可救赎的原罪。

禺禺相聚，隔着

偏旁的纸篱笆，

缄默，等待火山突破冰川；

如同一次秘密的约会，

破除荆棘和鹅卵石的围剿，

赢得玫瑰的芳心；

哦，多情的诗人，

你记得也好，忘掉也好，

挥别那雪花的快乐；

又如同禺撞上了人，

成为木头的游戏，

而辶作为辵的孪生兄弟，

被弃置在凄清的角落，

心怀嫉恨，一直

躲进部首的暗堡，觊觎

每一个游走的活物。

偶遇，我每走一步，

总避免不了被它砸中脚跟。

二〇一七年三月十日

离别竟然是永诀

死亡也并非所向披靡。

—— 狄兰·托马斯

离别竟然是永诀，

泪水可以耗尽整个海洋，

把高山冲刷成平地，

世界，在一声叹息中毁灭。

是的，相见之前你我既已相知，

诗歌命令我们抱团取暖，

哪怕在冬天也能领略春天的芬芳，

面对生存的艰难，

总是露出一丝倔强的微笑。

死亡占领了肉体，

但永远无法征服灵魂，

正如北风吹落枯叶，

却不能拔掉每一棵树的根须，

甚至，哪怕连根拔起

也不能抹除树荫下的土地……

只要我们活着，

你，就是不朽的大哥。

二〇一八年三月十五日

与春雪有关或无关

记不起哪位睿智老人的名言，

欠下的账总是要还的，

时间绝对是追讨的高手。

有一些事，未卜先知，

就像肥皂剧，即使从中间开始，

也不耽误欣赏开头与终局的气泡；

另有一些事，人装模作样在做，

甚至摁住了脑袋，却永远抓不着它们的尾巴；

在你以为雨点悄然隐身的一刹那，

白色的晶体意外地落入掌心；

冬天的雪顺势滑进春天的颈椎骨，

仿佛反季的水果与蔬菜；

植物保持对水的渴望，

仿佛人体需要维生素的 abcde，

还有 hp，直到弯曲的 u；

随季节延伸的道路，

有点坎坷，有点泥泞，

但水洼仍然倒映出一座天桥。

二〇一八年三月十七日

运河是一座水做的桥

运河是一座水做的桥……

消弭太湖石和黄土高原的对抗，

打通南辕与北辙的悖离，

记忆蹲坐于桥基，成为隐形的支撑。

燃灯的舍利塔慷慨布施妙光，

倒影激发修辞学的小涟漪，

轻轻捅破了常识如镜的水平面，

凸显三月的倒春寒和十一月的小阳春。

隋朝的选美只是一个恶意的谣传，

亡国之君只能听任历史的摆布。

春江共花月的感叹演变成永夜的点缀，

像一只铁锚，夯实仄声部的韵脚，

嵌入宫体诗的淤泥层。

江畔何人？为传世的名篇

埋下天才的伏笔：

"流波将月去，潮水带星来。"

渡船与木筏的时代，

每一个字都是水淋淋的音符，

桨声与灯影相依为命，

水仙放弃了自恋、孤傲的姿态，

与睡莲花和平相处。

燕山的标准语流进吴越的方言，

而白帆像敛羽待发的鸽子，

迎着温煦的微风，发出咕咕的鸣叫，

哼唱着一首偷心的民谣……

桥的细腰倚靠故事的扶栏，

斩水的长刀已在沉沙中折断，

柔媚的柳丝一次次复活，

桃花比人面更早降生，也更早凋落，

羽毛草向蒲公英抛去会意的眼神，

鲤鱼性急地寻找蹿跳的龙门，

一尾敏捷的鲇鱼伸直滑溜的身子，

在浮莲和水花生的掩护下，屏息潜伏……

而运河，作为桥下桥

不二的楷模，照旧笑傲江湖，

水面，打鱼的老者讲述沦落民间的传奇：

运河是一座水波风流的古桥……

二〇一八年四月二日

父 亲

四月，竟然飘起了雪花，

仿佛冬天要找回遗失已久的一张便签，

在群芳争艳、众人沉醉的间隙，

开始随波逐流地怀念，

这是江南嬉春、北方继续忍受苦寒的时光。

父亲，你走了，

没有一声招呼，没有一个交代，

像受到惊吓的鸽子一样胆怯，或者卑微。

我，无法知道你的去向，

正如从来不曾明白你的来历，

我甚至无法判断你是否真的一走了之。

曾经辉煌的家谱已被时间的辣手撕得粉碎，

最薄脆的一页被碾成了粉末。

你走了，但我大腿上的胎记依然存在，

青色，仿佛有前世的淤血积存。

父亲，你与世界有过一场旷日持久的决斗，

那并非勇敢、鲁莽和高傲，

实际是出于内心兔子式的懦弱，

你曾经是一名有为的青年，

一间茅屋的顶梁柱，一个边缘的中心，

你遭受过背叛，也欺骗过世人，

在无数的重击下，你跌倒，站起，又跌倒……

有时，无意间拽一下我的衣领，

致命的趔趄令我的记忆至今仍在摇晃。

是的，你永不服输，

总是执拗地要和世界赌上一把，

但命运总是爱出你的老千，

你无奈地变成大轮盘中滚动的一粒小骰子，

屡败屡战呵，抵押掉爱情和友谊，

毁损了荣誉和好名声，

最终输光了自己……

十年了，我记忆犹新的是你掉落的门牙，

额际比沟壑更深的皱纹，

你佝偻的脊背，稀疏而灰白的头发，

你被深夜梦魇所刺激地惊叫……

那叫声比瘸腿丧家犬的哀嚎更为凄厉，

恰似绝望深渊的一个回声……

你纯属偶然创造了一个倔强的生命，

混搭一段贫困的历史，省略

天真与自信，并且意外地植入不自觉的谦卑。

童年，你是我背脊上沉重的耻辱，

我一直羞于谈论自己的长辈，

甚至不堪说起"阿爸"这个称呼。

而今，你已断然走出云水模糊的视线，

逸出人间消息的边界，

不再是亲友们热衷谈论的话题，

十年了，最后一次争吵

将永久的遗憾留给了你不肖的儿子……

清明已过，白色和紫色的丁香花开放，

残忍的春光最无奈的季节，

父亲，我的父亲，亲爱的阿爸，

但愿你只是一次失踪，

那样，你和我或许还有和解的机会。

二〇一八年四月十日

乌石巷

乌石垒成的一座村庄，

相比古堡么，稍微新一点，

若说是新村就会显得更加陈旧，

竹叶翻飞，恰似无数绿色的小旗，

在迎接不速自来的春风；

两只大缸侧立在农家的庭院，

犹如绷紧的两面大鼓，

但不能随意敲击，

否则，清脆的声音会迸裂，

母鸡随即开始飞翔，

护院的黑狗会跳上鱼鳞遍布的屋脊。

一组缺乏安全感的现代人，

在石头里居住，

与清凉的溪水一路同行，

心不由自主地柔软，

任凭眼睛在风景的背后漂移。

科学总是一而再地迟到，

性急的石头只好书写象形的文字，

相传，乌石是玄武岩的乳名，

轻轻地触碰，便有

恐龙的吼叫在耳畔响起，

讲述白垩纪，那史前的历史……

山坳深处的岩石与黄土

相互簇拥，拱成梯形的草场，

五只母鸡相互追逐，

两只鸭子却悠闲地踱着方步；

参天的古枫扑闪树叶，

仿佛张开无数翅膀，

树荫下，一片片青苔倔强地伸展，

接续亿万年的余温。

黄昏，一朵彤云掠过树梢，

对着乌石巷行了一个注目的大礼，

宣布月亮升起的消息……

二〇一八年四月十八日

宕 渠

相比渠县这个命名，

宕渠的发声无疑更加嘹亮，

饱含深湛的意蕴，

可以据此抻长一段绵长的历史。

雨水放肆地泼洒于荒野，

传播原生态的甘洌，

在秧苗初栽的农田找到理想的归宿。

河底滚动的鹅卵石愈加圆滑，

与水草为伍，羡慕浮萍轻盈的身姿，

甚至怀念瀑布不容分说的裹挟与冲洗。

船棺在地下延续漂泊的命运，

瓦当缠绕着细密的花纹，

为賨人射虎的勇力留下繁复的证据，

也为吉祥的寄托呕心沥血。

结绳刻木，让巫觋的表演蜕变成

征伐的歌舞，浸泡在演义里的三国迭出传奇，

二张相争，创造弱兵战胜强虏的战例，

智慧才是勇者的力量。

八蒙山，飞将军立马勒铭，

从此，安居的人们削铁如泥，

把尖锐的刀剑打制成憨厚的耕犁与镢头。

二〇一八年四月二十四日

五龙河

河的两岸，峭立的巉岩

身着绿色的苔衣，直抵蔚蓝的穹顶，

一只孤独的布谷鸟在麒麟崖上

啼鸣，传播楚巫的文明。

瀑布飞窜，如同密实的珠帘

悬挂在天河的上空，

落地之前，水沫与水沫相互窃窃私语，

探讨天地间的迷惘与无常……

神雾岭险峻的倒影与十堰美人的背影

同时落向水面，激起

涟漪一个个清澈的诗梦，

于是，沉到河底的断木重获了另一种生命，

树的根须经历了河水的浸泡，

便拥有了柔媚的品性。

枝杈伸展并绽放，

纵情地摇曳大禹治水的传说……

安静的忘忧谷，昔日奉圣的

五龙骑士杳无踪影，

唯有娃娃鱼躲进石隙发出啼哭。

来自城市的渔夫解开缆绳，

荡起一叶扁舟，透过玻璃似的

水面，探看鹬鸟与河蚌的殊死搏斗，

空中的云彩轻叹一声，

依循惯性，从这个山头飘向另一个峰巅……

二〇一八年四月二十五日

郧西是一首天生丽质的爱情诗

从庸碌的华北平原来到奇峻的楚地，
思想的绿皮火车撞碎了日常性的快捷键，
走进雨点被大片种植的城市，
乡村的羊肠小道走出会议手册的规划，
出现了高低不平的起伏，
南方繁密的河湖流递水的秘密，
田垄与堤坝因此站立成忠实的卫兵。

七夕的月亮哪怕在白昼也照耀这座城市，
而太阳和霞光的恩爱情仇，
在朦胧的天空构成某种奇妙的缘分。
郧西是一首天生丽质的爱情诗，
远古留下的一则美妙的神话，
充满了羞涩的传奇，
让听者不能不承认每一个真实的祈愿。

汉江画廊巧夺天工，昭示

神启的创造和愚公移山的意志。

浮云的存在让恬静的溪水有了飞翔的冲动，

于是，斑斓的孔雀开始模仿飞蛾，

驾山而下，扑进比烈火更灼烫的湍流，

顷刻，四月的岸滩便充溢了盛夏的激情，

无需琼楼玉宇，人间便胜却天堂。

今夜，在散文止步的地方，

诗歌是最好的倾泻口，

把韵脚精准地押在天河的拐角处，

让平仄自由地在水面漂浮……

哦，哪怕是栖身考古学的老猿，

也有出自本能的冲动，

龙潭河，恰好适合黑夜与河灯柔情地缠绵。

二〇一八年四月二十八日

大青沟

冲呼勒，吸引我的是潺潺不绝的水声，
善良的菊丽玛遗留的一支长调……

拾级而下，踏上被磨损的栈道，
无意间走进一个新的循环，
生命的这段里程，从时间逸出，
交给了空间，但最终仍将回到起点，
一个时空合并与消失的维度。

人字形的大青沟，睡美人似的娇憨，
南国的风情在北地恣意摇曳，
青苔爬上镂空的栎树，催生新芽
伸出细嫩的手臂拥抱空气；蜗角枫
犹如搁浅的蛟龙，被迫蜷缩在石砌的栅栏内。

我把手掌插进柔软的沙地，小小的精灵
开始绕着指尖奔跑，仿佛受了南蛇藤的诱惑。

黄菠萝，色木槭，桃叶卫，大黑榆，

一如既往地安静，披展绵薄的叶片，

遮蔽天空，也覆盖着沙地，

谦逊地迎接远方的来客。

起义的嘎达梅林沉默成一条蜿蜒的小路，

恋旧的大雁扇动着暮光归来，

丛林深处，粉红、嫩黄与乳白的花朵

探出感恩的小脑袋，

赞美漏过叶缝的一缕阳光，赞美

这遗世存在的峡谷……

呵，冲呼勒，瀚海潮中的一叶孤舟！

二〇一八年八月十八日

科尔沁草原上的蒙古栎

四点五十分，科尔沁，

草原涌动，恰似潮水漫过我的胸口……

名词携手动词，挣脱形容词和副词的束缚，

撒开四蹄，在草原上驰骋……

美啊，如此丰满！如此辽阔！

那掀起少女裙角的晨风

同样会抚摩曦光中的每一株野艾蒿。

黑夜尚未远离，它还逗留

在鹅卵石翻动的漩涡，——

日月同辉，罕见的天象昭示某种吉祥，

蓦然，我看见一棵挺拔的栎树，

在草甸子秘密的铭文上站立成丰腴的感叹号。

迎接曙色的栎树出自本能亲近天空，

波浪似的锯齿叶在八面来风中任性摇摆，

但从不迷失自己的方向。

把根须深深扎进贫瘠的粗骨土，

活着，就需要穿透钙积层的封锁，

需要与身边的马蔺草和地榆和睦相处，

需要背负寸草苔丛生的绝望，

需要复制石头的沉默……

我伸展筋骨，扔掉知识的空口袋，

弓起僵直的脊背与腰肢，

匍匐，向一棵蒙古栎学习坚韧与谦卑，

领悟审美的辩证法，

美啊，如此高蹈！如此隐微！

在科尔沁，六点钟。

二〇一八年八月二十六日

怪 柳

美有千万个化身，

纤瘦的妖娆，丰腴的雍容，

更有沉鱼的轻灵叠加落雁的魅惑，

闭花的绮丽蕴含羞月的神秘，

少一分就会改变世界的恰到好处……

但奈曼的怪柳陡然颠覆了日常的经验，

越出常识柔媚的向导，

娉婷的女子幻化成罗丹干瘪的雕塑，

审丑是现代主义的残酷美学。

相传是前朝的遗老，

另一说是科尔沁草原走失的孤儿，

实际，它们是盐碱地的土著，

营养不良，但正常地生长，

残余的枝干倔强地蓬松着嫩绿色的披肩发，

懵然不知异乡客大惊小怪的感叹。

怪柳并不是胡杨的翻版或嫁接，

尽管她们以姐妹相称，

不求漠然的永生，

也不期望所谓千年的不倒，

叶子像鸟羽纷纷飘落，

给惊叹一个坦诚到赤裸的回应。

我俯伏在弯曲的树身，

聆听水的流动，

意外获悉孱弱的身躯蕴藏小小的野心，

当绿衫褪尽的片刻，

嶙峋的灵魂以傲骨撑起美的自由。

二〇一八年八月二十九日

草原是一面绿色的镜子

草原是一面绿色的镜子，照彻

都市人灵魂的忙乱。一只鹭鸟衔起信仰的种子，

飞向山峰之外的山峰……

风景肯定高于诗人的想象力，

晚霞随意甩动鳞片，直抵月亮素净的内核。

蒙古包是彼此独立的星星，闪烁

乳白的光芒，相互照应……

绿，绝非普通的颜色，

在特殊的气温下经常转化成行动，

代表无名的隐子草，对沙丘进行朴实的表白。

珠日河，劲健的马匹久已不闻战争的狼烟，

它们困陷于栅栏，面面相觑，

偶尔在沉默中发出长叹似的悲鸣；

扎鲁特，乌力格尔传说中忠勇的仆人，

这威武的骑手抽动马鞭，溅起芬芳如蜜的花瓣……

黄昏感染着创世之初的寂静，

山坡上，晚风轻拂夕光流溢的敖包，

在缤纷的风马旗中，一条蓝色的哈达格外炫目地飘飞，

仿佛绿镜子的一道折光，

映现人类遗落已久的那本通讯录……

二〇一八年八月二十九日

宝古图

路，总是被人们越走越窄，
偌大的草原被车辙与塑料袋占领，
如同孤独受到寂寞的嘲笑，
恰似影子挤走了肉身……
高昂的白马低下了英俊的头颅。

太阳照例慷慨，一路抛洒金子，
追逐纤软的拂子茅与坚韧的沙棘草，
但正午的阳光也不能让沙漠摆脱腹地的荒凉，
初秋依然在模仿夏天，分发
暑热的小礼品……

雷雨降临的前夕，
每一滴汗珠都可以孕育海洋，
每一声呼喊都撞击世界的回音，
每一粒沙子都在推动云彩的漂移，
每一丝叹息都会卷起风暴……

宝古图，在草原的尽头，

麋鹿与菩提树进行变身的游戏，

在现世里演绎生命的轮回：

诺恩吉雅的老哈河，

一根马缰，缠住了骑手的心……

二〇一八年八月三十日

可可苏里的芦苇

九月，夕晖搀起轻雾在湖面荡漾，
抱团丛生的芦苇摇曳针茅形的小花，
挺直灰黄的茎干，伸长脖子
望穿秋水，将自身作为永恒的对应物
证明瞬间或暂时的存在。

可可苏里的芦苇是植物界的平民，
不能自由地选择自己的故乡，
只要有水和泥土，一点稀薄的空气，
就可以讨到朴素而坚韧的生活，
与野性的薰衣草、岩白菜和鳞毛蕨友好相处。

遍布湖岸的一族精通鸟语，
为沙鸥、野鸭和灰鹤提供栖身的场所，
哪怕寄生在泥沼，
依然会维护红雁的坚贞和深情，
也不拒绝与高贵的天鹅交换纯洁的定义。

岩岛上的芦苇没有鹰隼的翅膀，

任性的毛絮就在低空模仿蝗虫与蚊蚋的飞翔，

穿越苔藓的冷漠和水仙花的自恋，

释放白桦与苦杨的欲望，

一半是丰满的葱绿，一半是枯瘦的褐黄。

卑微的生命总是作为背景而站立，

凸显秋色的苍茫与湿地的诡秘，

它们空心、纤细、憨直、脆薄、易折，

但拥有自己的大骨节，

在肃杀的季节坦然接受蓝天的祝福和白云的赞美。

二〇一八年九月二十三日

转 场

浓雾似的尘土飞扬，
一群胆怯的山羊走过……
走过一长列从容不迫的奶牛……
一匹枣骝马，一匹栗色马，一匹银鬃的雪青马……
五头温驯的骆驼昂起善良的头颅。

转场，一支无伴奏的牧歌，
这温驯的畜群克制着内心的眷恋，
离开熟悉的草场，
被牧者的鞭子和摩托所驱赶，
走向前程莫测的远方。

额尔齐斯的河水依然与鹅卵石做着游戏，
白桦睁开调皮的褐色眼睛，
钻天的黑杨向着高空伸展了手臂，
绦柳，像半老的徐娘
在金色阳光下卖弄残存的风骚。

喧声过后，背影全部融入夕烟，

大道与小路归于沉寂，

而在河畔的沙地上，

却存留着一串串大小不等的蹄印，

覆盖了一行行游人的足迹。

二〇一八年九月二十八日

西 迁

（抗战期间，武汉大学曾西迁到四川的乐山，以保文
脉不断，它与西南联大、浙江大学等高校有过同样艰
苦卓绝的历史。）

罗家山更名为珞珈山，
或许有菩萨与罗汉的加持，
山虽说还是山，水仍是那湖水，
山坡上却已响起琅琅的书声，
犹如经轮转动，又一次生命的觉醒。

而从珞珈山到乐山，
这是命运的偶然，更是仁者的作为，
不是膜拜神秘的大佛，不为取经，
一路向西，只求拨开
亡国哀音的迷雾，寻找一张安静的书桌……

为此，需要躲避突然降临的炸弹，
需要躲避明晃晃的刺刀，

仿佛一群善良的绵羊千里转场，

频繁遭受无情的皮鞭驱赶，

而挺举太阳旗的饿狼始终尾随在身后。

一张旧照片：溯源而上，

逆流，在李白轻舟漂游过的清江，

身着旗袍的女生抛洒滚烫的泪水，

包裹揪心的乡愁，融入冰凉的波浪，

就像骨头，被深深埋进泥土。

是的，这是一场教育的迁徙，

与一个国家的存亡有关，

一座山赢得另一座山的支撑，

共同凸显石头的尊严，

浴火重生，灼烫的血液正在地底流动。

二〇一八年九月三十日

伊雷木湖

到了秋天，湖水已经很凉，

虽说尚有夏天的余温，

从车窗向外看去，一轮血红的夕阳

撞击着戈壁滩上的砾石，

不免为人生感慨，不免

恣意联想，想象伊雷木的内心多么寂寞，

堪比沙漠中的一棵绿玉树。

远眺，黛色的岬角阻挡了视线，

唯有白杨的羽毛在闪烁，

我听见簌簌的苇草在低语：

伊雷木，伊雷木实际是一个美的漩涡，

储存了一亿光年的眼泪，

可以把阿尔泰山冲刷成平原，

湖底的钻石将点燃一座隐性的火山。

一只野鸭在水面凫游，

划动双蹼，打捞星星碎片似的波光；
湖边的山羊发出咩咩的叫声。
伊雷木，来不及与你握手告别，
捡一块石头揣在怀中，
我相信，风带走的一切，
雨必定会还给它。

二〇一八年十月五日

可可托海·三号坑

未名的大山睁着一只巨大的眼睛，
持久的伤痛让它无法闭合。
当我站在山腰，
俯视山岩下的大坑，
使劲挤了挤肾上腺素，仍然无法骄傲，
唯有忏悔和谦卑一齐涌出。
是的，碧玺、石榴子、海蓝的宝石
如有神迹附着，
但必定含有矿工的骨髓。

三号坑，作为感恩，
我必须铭记那些整日弓起腰身的人，
那些被数字抹去具体的存在，
被销蚀了的血液、骨头和粗糙的皮肤。
无名的人，习惯与未名的大山相依相伴，
最终化作尘土融入山体，
希冀让险峻的顶峰为此增高一毫米；

实际呢，连一个飞米*都不到，

政治经济学的真相唤起荨麻暗藏的蝎刺，

此刻，沉默的痛感说出了一切：

他们已经尽力，并且远远超出了本分。

★飞米，计量单位。 1 毫米 = 1000 微米，1 微米 =

1000 纳米，1 纳米 =1000 皮米，1 皮米 =1000 飞米。

二○一八年十月七日

额尔齐斯大峡谷

让一条小溪淌进一首诗歌，

不算特别困难，

但让它在纸片或屏幕上自由地流动，

需要一颗剔透的匠心和各种美妙的技艺。

枫叶的记忆如同带血的晨曦，

照亮每一段黑色的时间。

我见过亭亭玉立犹如少女的俄罗斯白桦，

但额尔齐斯的白桦熟悉的是汉语，

它们异口同声地说道：

幽深的峡谷是太古留下的一支歌曲。

驻足小小的水潭，

我惊讶于大自然神秘的理性和构思，

把岩石凿刻成凝固的瀑布，

回望，身后悬垂一口沉默的大钟，

以山的形象耸立。

清浅无鱼的空间，

鹅卵石是山川的宠儿，

在晶莹的河床闪烁犀利的光辉，

与之相邻的青苔恰似古老又鲜活的铭文，

承载可可托海成长的历史。

"人不能两次踏进同一条河流。"

这是来自古希腊的名言，

愚鲁的我从此就坚定地相信：

溪水流经峡谷，每一秒都创造崭新的风景。

此刻，峡谷正穿越我的身体……

二〇一八年十月十二日

额日布盖峡谷·山羊与白光

褐红的山脊，

空心的岩层下静躺着恐龙的骸骨，

岩顶，石质的狮子已蹲伏了数万年。

无意间走到木栈道的边缘，

蓦然，我的目光撞到了一只山羊的眼神，

彼此对视了三十秒，我不由得读出了异类的不安与

惊恐，

这恰好与峻厉甚至狰狞的峰岩形成鲜明的对照。

显然，我的脚步惊扰到周围的宁静，

使它不能专注地享用草的美味，

那标志性的胡须似乎飘动着一丝儿不满。

仅仅只有一秒，这不安就传染到我的身上，

为此，我羞愧不已，后退，

并把三十分钟前拣到的一块鹅卵石

轻轻放下，顺势也轻轻放下好奇的初心，

踮起了足尖，退向峡谷的入口。

此刻，山羊似乎读懂了人的心意，

敏捷地攀爬在山腰，继续享用美味的青草，

不曾说再见，也无须说再见，

事实上，它和我大概真的永不会再见，

但这，又有什么关系呢？

狮子依然肃穆地蹲伏，

远处，意外地闪现一道祥和的白光……

二〇一八年十二月六日

额日布盖·呼麦与栈道

呼麦……蒙古的长调

犹如创世的飓风，刮过大如苍天的阿拉善，

戛然而止，尾音如同晶莹的水滴，

滚动，忧伤地钻进裸露的岩孔……

一声叹息吞没了另一声叹息。

停立在栈道中央，远眺

狮子与山羊对峙的罕见景象，

内心免不了涌起陌生化的冲动。

我听到沙棘草细柔的呼吸，

听到了踏碎恐龙骸骨飞奔的马蹄声。

远古的沙土与现代的砾石

偶遇在太阳底下，

它们似乎继承了海水的秉性，

湍急地涌动，在地表形成一个个漩涡，

内在的差异远远大于外在的相似。

栈道的尽头，峡谷蜷身钻入地心。

陡峭的岩崖，神秘的图案

不慎泄露了古生物的踪迹，

斜卧的层岩是经书的拓片，透过木栈道的缝隙，

传达黑夜的真谛。

弯曲的栈道，像一柄软骨的探测器，

伸向额日布盖峡谷的深处，

两侧的石壁纷纷倒退，显露寂静的原形，

为沉默的歌谣打开绿色的通道，

蓦然，从峡谷外面传来黑骆驼重金属的嘶鸣……

二〇一八年十二月十八日

额日布盖·晓明与我

额日布盖，对于我

自然是陌生的，晓明也从未听闻，

谷地蜿蜒，峭壁耸立两侧，

一座座峰岩大张着干涸的嘴巴。

偶尔，沙坷垃响应地球的引力簌簌滚落，

在坚硬的岩崖上碰碎，

溅起，如同一滴滴鲜红的泪珠。

人工的栈道上，空空荡荡，

仿佛连秋风也被时间抓了壮丁，

远赴古老的疆场，与虚无这宿敌作战……

多么安静，多么与世隔绝。

可是，走在峡谷深处，

这千疮百孔的山岩

摄人魂魄地令人感到一种奇异的亲近，

滋生久违的安全感，

犹如从前走进草屋前的大围场……

兄弟俩，就像数亿年前残存的两只恐龙，

摆动着堪称魁梧或臃肿的身躯，

闲逛在石头、红泥、鸟粪、碎草与荆棘之间，

我对晓明说，再坐一会吧，

这难得的享受，上苍给我们的恩赐，

呼吸——白垩纪留下的空气，

再踩踏踩踏曾经被海水浸泡过的土地。

回不去了，还不能作短暂的停留？

二○一八年十二月二十二日

额日布盖·砂岩与梦

眺望，一片海市蜃楼，

时隐时现，仿佛共产主义的远景……

彩色的旗幡刹那间被定格，

于是，没有形体的秋风也就拥有了自身的重量。

哦，一株草可以沸腾整个江南的绿意，

一粒沙子跳动着土地的脉搏。

沙岩崛起，将天空挤压成一条细线，

问天的石蛙却一反常态，不住地追询来世，

鼫鼠与岩羊是相安无事的，

憨厚的骆驼居然昂首睥睨凶猛的狮子，

拐角，一只鹰的尖喙衔起历史蛇的断尾。

弯弓搭箭的骑者空对泥质的酒樽，

峰顶的擎天一柱高举这片土地对圣水的欲望；

牧童远遁，遗留半根磨烂的缰绳

和一枝麦秸制作的笛管，

他临行前抹去了所有的足迹。

两只兔子远离尘嚣，
走过沙漠，走过湖畔，走过地震带，
闯进无人的禁区，
在团块的沙岩上留下它们的尿液，
为后代留下它们的密码。

若干年以后，
我会成为兔子的一个庄周梦，
而这里，或许是一片广袤的草原，
一匹白马奔驰而来……
也可能是一片汪洋大海，
有一叶扁舟漂来，停泊在名叫兔儿的小岛。

二〇一八年十二月二十四日

额日布盖·史诗与回声

额日布盖是一部史诗的残篇

或者抒情诗的外一首，

斑驳的板岩上镂刻一行行蛮荒时代的长句子，

箴言穿插其间，传播蛇行的智慧，

哲学的火花被非逻辑点燃，

最终以抒情的晶体堆积起伦理的高原。

暮色降临，霞光消散，

兀鹰的叼啄触动了厚而空的岩壁，

回声如同惊惶的野鸽子，飞向

毗邻巴丹吉林沙漠的大草原，

石蛙使劲敲打腹部，擂不响沉闷的鼓点，

无名的小花摇摆紫色的花萼，

发布一嘟噜一嘟噜神秘的花语。

瞪羚和麋鹿胆怯地踏上人造的梯级，

伴随象形的文字一路蹦跳，跃过字母的栅栏，

灵异的鸭嘴兽，化身尖头的芦苇秆，

抄写复杂而断裂的伪历史：

关于男人，关于女人，关于战争，

关于和平，关于阴谋，关于爱，关于友谊，

关于奇迹，关于永恒，关于山脉与河流，

关于邪恶与正义，关于真理与慈悲，

关于美，关于后花园，关于城墙，关于迷宫，

关于自由，关于成长和死亡，

关于笨拙地行走在旷野的猛犸象，

关于水陆两栖的陆行鲸，

关于爬行在苔藓上的小蠕虫……

关于难以躲避的宿命……

初民们曾经挥舞骨棒，摇动彩色的旗幡，

无知地庆祝血腥的屠杀，

而今，宫殿依旧华丽，但黄金的圆柱已满身裂纹，

绝世的美人早已不知去向，

装饰琼楼的锦缎酥脆如泥尘。

力拔山兮的黑夜酋长，空有盖世的武功，

他曾经挑战柔媚的海水，挑战夕光下的空气，

挑战流动的沙漠，挑战时间的慢功夫，

但每一次都丢盔卸甲，为折戟沉沙增添新的注脚。

额日布盖，寂静大过昨晚的星空，

死亡找到了睡眠，这失散多年的孪生兄弟，

千年的贝壳沮丧地趴伏在背阴的缓坡地，

鲨鱼和蟒子虾的化石在沙岩上苟延多余的残喘。

永恒目睹海洋的沉没,阻止不了礁石朝着天空的伸展，

唯有无奈地留下自己的遗骸，

诸神在峰巅畅饮，俯瞰谷底的芸芸众生，

相互进行打赌的生死游戏，

而在更高处，那至尊的长生天正嘲笑着神们的渺小和

轻佻……

二〇一九年一月五日

跨：除夕与元旦之间

众心瞩目的一场大雪迄今不曾来临，

纯洁这个可怜的孤儿显然已落进污染物的重围……

十二月，永泰庄以北，

寒流将西小口修筑成米诺斯的迷宫，

而出逃的引线恰好被电动门在无意间截断。

一群迷恋文字的人个性倔强，不甘于

语言的堕落，让诗歌与美酒联袂，

让民谣与舞蹈携手，重赴太初有词的盟约。

除夕是一个特殊的节点，

我脱下一双旧鞋，

还来不及穿上新买的红袜子，

2018 年就已晃动着千疮百孔的身躯悄然隐去，

恰似胆怯的壁虎甩脱一节断尾，

剔除了轻雾，把重霾留给新生的元旦。

冬天的夜晚适合抱团取暖，

适合与时间握手，与知已和爱人低声絮语，

甚至如一名诗学教授合理的建议：

抓住脆弱的灵魂，狠狠地砸上几个结实的亲吻……

二〇一九年一月一日

小 寒

小寒，对冬至而言肯定是一个颠覆，

日历泄露了真实的寒意。

八点钟，太阳初升，

一名比我年轻的学弟灰飞烟灭，

善良的灵魂飘向天堂；

而俗世的争吵并未停止，

死亡的因子总附着于生命之树的根部，

不怀好意地记录清凉的秋水终于凝结成冰凌。

时近腊月，又在另一个计年的开端，

生死恩怨的交错令人感慨，

暖气片上的蟑螂居然荒诞地孕育了蚂蚁，

美人的眼泪置换成窗玻璃上的化纹。

冬天来了，春天其实依然遥远，

只有熬过了大寒，

你才拥有暗恋与思念的资本，

屏息等待吧，更猛烈的风暴或许正在路上！

二〇一九年一月四日

雪，落在了南方

雪，落在了南方……

恰好赶上绿叶走向衰老的加速度。

叹息……莫非出现什么不妥？

就像一名做错事的顽童，

辜负了望子成龙的父亲焦躁的预期？

北地的，与南方的雪

在冰点上必然存在地域性的差异；

虽然，一粒冰雹与一滴雨

拥有不同的外貌，

而内在的亲缘性却同样通向浩渺的海洋。

江南的水被人为地调转方向，

流入帝京的客厅、厨房和澡堂，

难道就不允许它们回家，偶尔探望一下亲戚？

思维的定势不断固化我们的行为，

凝结比石头更坚硬的冰层。

雪落在了南方……此刻，
我想到奥森公园的一片片枯叶，
它们的凋零，与雪花
行走的路径不同，
但坠落的方向却那么一致。

二〇一九年一月八日

大 寒

戊戌年的冬天是一个早产儿，
一路翻滚着向前，终于来到临界点；
而关于诺亚方舟的图纸正在作初步的勾勒，
遇春学长美好的嘱托尚未完成。

黄土店在北京郊区，曾有知青在此偷鸡摸狗。
寒气逼人。道旁的杨树早已脱去了枯叶，
便于挺拔的身躯集聚暖意于核心，
并且作为风景，呈现非黑即白的荒凉。

售卖"驴打滚"的大叔在高声吆喝，
与其说在招徕顾客，不如说是为了借此驱寒，
丧家的野狗发出低低的呜咽，
仿佛要与朔风争夺埋伏在耳朵里的听觉。

地铁口，人群被倒出，犹如废弃的煤渣，
蓦然，一袭红色的围巾飘起，

仿佛黑色炉子上一股窜向天空的火焰，
灿烂而诡异，但旋即熄灭……

雪片不曾落下，冰层平躺在小清河的水面，
隐约闪烁一长串星星的忧伤。
所谓大寒，所谓立春，它们看似遥远的距离
不过是中间横隔着词语的毛玻璃。

二〇一九年一月十六日

小 年

1

西方一位哲人宣称："小是美的"，

"小是可爱"，一名现代歌手又作了补充。

小，栖居于虚无到存在的旅途上，

为前进蕴含无限的可能性，

并且为撤离留下微妙的退路。

据说，"年"是一名俏丽的村姑，

专门收集名叫"夕"的那种花骨朵。

因此，小年是一个美的小结晶，

时间大家族的小碧玉，

羞怯，倩巧，剔透，又温润，

恰似一部婉约词萃漂亮的小封面；

戊戌年，腊月二十三，她轻施粉黛，

独自歌吟在黄昏，略显克制的小抒情，

从节气的俗套翻出诗意的小未来。

二〇一九年一月二十八日

2

小年夜，路灯如豆，

社区的拱门悬挂着大红的中国结。

找不到云车、风马和玉麒麟，

慈祥的灶神挽起了高发髻，嘴角

还沾着麦芽糖的碎末，略嫌诡秘地说：

小年其实是古典主义的劳动日，

除尘是不可忽略的大节目。

于是，从北方的二十三，

一路清扫，直到南方的二十四，

整理了四季的客厅、书房与卧室，

终究摆脱不了腊月的小广告，

拭净了月亮的反光镜，但无法驱散

北京上空的雾霾，

正如我，热爱祖国，但憋不住还有点小自恋。

二〇一九年一月二十九日

除 夕

所谓除夕，就是钻进时间的序列，

不露声色地删掉一个夜晚，

一个实际平常，但被世人特殊命名的夜晚。

记忆是一张孔眼密布的罗网，

捞住的总是大于网格的飞禽和游鱼，

至于大朵浮夸的云彩，

以及细节的蝼蚁，总被有意无意地漏过。

留不下的，又奈之如何？昨天的影子跨不进

明天的门槛，遗下的岂止是悔憾？

除去的，不只乌黑如矿岩的长夜，

还有耀眼的日光。

敲响铮亮的铜锣，擂起紧绷的大鼓，

点燃二踢脚的炮仗，以驱逐疫疠之鬼为名，

抹除一年的琐碎与 364 天的烦恼，

当然，也必须把辛苦与荣誉视若草芥，

一股脑儿扔弃，犹如 7÷3 的余数，

多么纠结，多么轻松，就此两讫。

点灯，让蝙蝠飞进屋子……

美丽的隐喻虽然外表矜持，

却是一个善良、朴实、勤劳的女人，

热衷于在诗歌与现实之间搭桥或者造船，

于是，入夜遂成为一个节日，

召唤人们集聚在一起，如同一排饕餮的动词

享用丰盛的年夜饭，

那一盘又一盘美味的名词，

最后，仅剩一堆残缺不全的标点……

零点的钟声响起，虚无再一次孕生了伟大的存在。

二〇一九年二月四日

立 春

立春与春节猝然相撞，
如同白毛的喜儿遇见久别的大春哥，
一腔相思的愁苦化成了雪水
流淌，灌溉郊外麦地的拔节声。
季节的重叠并不常见，
倒也并不是象征的骰子偶然一掷，
青春的高冷与中年的和暖撬动生活的双轮车。

越过了小寒与大寒，
二月的身体装满大小不一的冰凌，
等待黄昏的煦风，等待破晓的霞光，
等待奇迹在水洼中迸发。
林荫道边，两块石岩的缝隙，
稀疏的柳枝躲开了影子的胁迫，
正在咿呀低语……

花坛上，一只狸斑猫

敏捷地追逐惊惶的灰喜鹊。

连翘的篱墙正在酝酿朴素的芬芳，

为花苞敷设灿烂的前程。

世界原本是一幅留白的风景：

数丛偶然的绿意正从大地深处渗出，

哦，一种轮回的必然！

二〇一九年二月五日

己亥年初雪

北京迎来己亥年的初雪，
终于滋润了整个冬天积攒的想象之枯，
稀释了比石头更沉重的霾。
就这样告别冬天，但告别不了
倒春的蚀骨寒，
细薄的霜冻覆盖必经的京藏高速路，

立春的地铁依然滑行在去年的轨道上。
记忆总会出错，习惯找到同情的
替代物，处心积虑将盐粒认作小兄弟，
把月光当成楚楚可怜的孪妹妹。
站在天桥上，可以透过光秃的树枝
看到百望山上蠕动的小矮人。

但我不是在场的铁证人，
这并非因为我故意的缺席，
也纯然不是怀疑气象报道的精准性

和朋友圈兴奋的小推送。

偏僻的帝都自然也有贫瘠的西部和山区，

迟到的雪花手持失效的通行证，

飘不到向往的中心站。

初三不宜出门，老鼠护送女儿出嫁到远方；

但地坛的庙会照例人声鼎沸，

古典的琉璃蓝和近乎发紫的自来红

被后现代的革命扭结成中国结，

如同皂沫飞舞的大神剧随意绾结无厘头的结局。

雪澡日，哪怕在地图上旅行，

也可能引发绝非虚拟的广场恐惧症……

二〇一九年二月七日

雪，再一次降临

雪，再一次降临，

出乎人的预料，自然也不讲什么情理，

比鹅毛重，比雨点轻，

扑簌簌地落在希望的残枝上。

不是作为告别的仪式，

也不是偿还拖欠旷久的寒冬之债；

而是立意成为谦卑的模范，

为了对抗时间的暴政，

在铁的世纪完成白银时代的远航，

在短暂的旋舞中彰显爱情的理想主义之美，

在月光缺席的时候，

赶在草木尚未蓬勃绽放之前，

借助水的纯洁和忧伤，

去濯洗初春时节的迷惘和幼稚……

情人节，雪再一次降临，

冒名顶替的蓝色妖姬褪去了固有的妆容，

以黑色的形象走进商品世界，

映衬红玫瑰的娇艳与白玫瑰的矜持，

黄色的郁金香楚楚动人，

伸出小小的舌尖，去舔舐晶莹的纯洁，

仿佛那是最后的激情……

北风袭来，六点半，

黑暗，也再一次降临，

人们见到初雪的惊喜早已轻雾似的散去，

此刻，在曾经名为黄土店的育新小区，

节日的灯笼正在抛洒一道道紫红色的影子，

而干渴的尘土悄悄地吞噬着

一滴滴隐形的眼泪……

二〇一九年二月十四日

雨 水

雨水成为一个节气，

这是一种将具体化为抽象的艺术，

就像时间，你无法触摸，

于是通过空间的存在以类比的方式展开，

我似乎获得一丝感悟。

在这一天，冰雪融化，

风从东边吹来，

太阳如同一名初生的婴儿，

无的罅缝催生了万道霞光的有，

美，总是在途中。

视频：一双鸳鸯在水中凫游，

昧然不知"乍暖还寒"的深意。

北方，庄稼正在田野上嗷嗷待哺，

而我独对一个湿漉漉的单词

和一片灰蒙蒙的天空。

二〇一九年二月十九日

拜谒陈子昂读书台

我，从幽州台的基座下走来，
踩着你踩过的土地，
穿着你不曾穿过的一双骆驼牌男鞋
（不错，那是对美国香烟精明的借力与套改）。
伯玉的真颜自是无法得见，
但琅琅的吟诵仍在撞击一个又一个回音……

你是古老已久的古人，
我只是一个迟到千年的新来者，
既不太可能欣喜相逢，更遑论相谈甚欢，
唯有对着塑像和亭阁祭拜，
谦卑地读一首诗，与你的悲凉押韵。

月亮曾经与你同行，
为你和你的酒友指引未知的前程，
如今，它又在戚戚地照耀我，
濯洗黑铁似的一颗心脏，

仿佛涪江清冽的源头就藏匿在朦胧的天空。

子夜习惯性地伸出千万根手指，

抚摩大地，包括读书台与灵虚阁互换之后的交界，

那是眼泪坠落的隐秘所在，

如今，丛生的绿植早已覆盖来路。

不见行人，唯有无边的草木摇曳生姿。

感遇，一声悠悠的叹息裂石穿云，

远比愤然摔琴的声音更为响亮，也更为持久，

哦，是的，陪伴你的山水还是旧容颜，

世道与人心却已改变：

"圣人去已久，公道缅良难。"*

★本句为陈子昂《感遇·十六》中的诗句

二〇一九年三月六日

清 明

需要纪念的人物愈来愈多，
但可以相互交谈的朋友愈来愈少。
桃花已在昨夜凋落，李花却尚未开放，
必须给时间打一个绳结。

挨过了一段漫长的冬天，
从立春日开始，你便期盼那个风和日丽的节令，
在雨水中等待，在惊蛰里祈祷，
甚至忽略了春分之前响起的第一声惊雷。

你祈求世界永远和平，空气永远清新，
天空永远蔚蓝，景物永远明亮，
盘桓于胸腔内外的浓霾一去不返，
怡人的春光在每一个路人的脸上永远停留。

但是，季节的反应留存着地理学意义的差别：
北方继续干旱，犹如皲裂的大龟背；

江南的雨呵，丰沛到泛滥，

无论上天还是入地，都在讲述水的故事。

清明，白色的杏花重归寂寞，

泣血的杜鹃早已在尘世的喧嚣中沦陷。

哦，可以相互交谈的朋友愈来愈少，

而需要纪念的人物愈来愈多……

二〇一九年四月五日

双河客栈

双河客栈，氤氲着某种侠气，

来自八方的诗人以笔作剑，继承了刀客的勇毅。

池塘里的枯荷挺直嶙峋的骨架，

守护游鱼的悠然，任其在透明的世界

享受清冽与甘醇。

山坡，烤烟房早已成为封闭的风景，

春草与芭蕉叶过滤着记忆，

编织一个个曲折的故事。

在有序的堆砌中，石阶

铺叙着突破了语法规则的现代性；

磨盘也无需转动，开始研磨精神的荞麦粉。

此刻，A718 的房间宽敞而明亮，

经过雨水清洗的阳光，温暖而润滑，

我在茶几前枯坐，认真地答复一篇访谈。

俄罗斯，金色的俄罗斯，

你，辉煌的白银时代，你，文明的青铜时代，
是否知道美丽的晶花洞与山王洞?
苦楝树在门外伫立，时而点头，时而摇头，
始终不曾给我正面的回答。

一只蜘蛛在窗棂上挂起柔韧的网，
引诱猎物在错觉中陷入绝境。
一阵轻风刮过，刹那间
蜘蛛与蚊蚋居然同时失去了踪影;
但宁静的双河客栈平静如初，没有一丝骚动。

二〇一九年四月十九日

幽黑的溶洞

走过一段崎岖的小路，

在拐角处，额头叩撞坚硬的石棱，

疼痛命令我驻足，急忙扶住泛滥的花晶石，

顷刻，指间似乎有海水在亢奋地翻腾。

幽黑的溶洞透出一丝微光，

这些精灵似的存在传递着滚烫的冰凉，

它们告诉我历史的沧桑，

伟大与渺小如何在谎言中相互转化。

前行，罅缝里依稀漏出的嘀嗒声

就是时间锋利的指针，一次次扎中心脏，

嶙峋的岩层保持天空的沉默，

伸展它们的鸽翼或鹰翅。

自恋的钟乳石扑面而来，液态最后的定格，

证明水的强力和石头的温柔，

犹如记忆的硬骨头，在风声中保守

血脉的秘密。

地下的暗流无意识地提供思想的引线，

陪伴我走出理性的迷宫，

话语一经说出，

每一句，每个字，顷刻成遗言。

二〇一九年四月二十日

清溪峡

仲春，偶尔也有黄叶与枯枝闪现，
但并不影响人们对生命的赞美与眷恋，
蓝天，碧水，斑斓的峭壁，
那是久违的风景和近乎隔世的体验。

此刻，在清溪峡，我看见
绿，正从水的波纹和岩石的裂隙
汩汩渗出，而一只美丽的鸳鸯
被知情者说破真相，只能落单凫游……

哈萨克的骑手弹起了忧伤的冬不拉，
高声吟唱一支民歌：
"不要忘了你的诺言变了心，
我是你的，你是我的，燕子啊……"

一艘快艇在水面优美地飞动，
巨大的翡翠因此被爱情划出了伤口，

崖顶，一棵红豆杉正在绽放旷古的相思，

神仙谷默默收纳全部的爱恨情仇。

二〇一九年四月二十三日

地心之门

这可能是一首诗的开篇。

门，在地心敞开，
颠覆了人们关于方框形的想象，
它以残破的伤口呈现，
不规则，但必定蕴含某种神秘的用意。

绿叶和草丛遮蔽不了的忠诚，
石头也不能伤害得了美，
在地下暗河的水面旋转，
打造弧形的石漩涡。

春天在洞口咳嗽一声，
珠玉便四下飞溅，
顷刻，鼎沸的人声突然沉寂，
唯有水滴还在漠然溅起清脆的余音。

我，躬背前行，

像一条蛇，不敢回头，

担心这满腔的眷恋可能遭遇魔法，

成为第二个欧律狄刻。

地心之门，为什么不是一个神秘的结尾？

二〇一九年四月二十四日

天地共生

十二，并且背后，

原初是什么样的组合？

怪异的命名透着不可思议的诡秘。

或许，十意味圆满，

二是数学的抽象到汉语的具体的转折，

指向成倍地伸展或者收缩。

深谷，娇憨的睡美人袒露后背，

催生无限的遐想……

从寒武纪的历史回到绥阳的现实，

无脊椎的动物长出了软骨。

天地共生，不由自主地成为对方的一面镜子，

山和水的融洽无间，

反衬人与人之间尴尬的距离。

木结构的客栈将影子投入清浅的池水，

峰顶的岚雾与睡莲遂有了一吻，

在时间的河床上，

爱消弭了十与二的缝隙，

人啊人，永远走不到十二的前方。

二〇一九年四月二十五日

十二背后

薛荔与女萝纷披的山鬼，

交出自己俏美的后背，

一种彻底的信任，

让你隔着脊骨听到她的心跳。

石头与水不断亲密，

让乳汁成为丰腴的吊钟，

一滴，一滴，又一滴……

记录壶状的深渊上升并下坠的走向。

在美的核心区，

善可以惬意地居住并生长；

山脉里有一种黑，

可以黑到透明，

滋润一盏隐忍的灯。

回眸：

十二赤裸的美背，

流淌着十二道诱惑的光……

二〇一九年四月二十九日

在科仁努都，与一匹马交谈

科仁努都，沙地，木屋。
一匹蒙古马被拴在树桩上，
它矮小，颈短，宽额，
长而黑的鬃毛骄傲地飘动，
时而踢腿，蹓步，旋转，
时而，无奈地望着空茫茫的远方。

我靠近，它并不躲闪，
仿佛见到失散已久的兄弟，
忧伤的眼神闪烁着一丝亲情
和草原的反光。

围场，乌兰牧骑正在演出，
业余演员与专业观众相互鼓掌，
歌声让落日更显辉煌，
浩瀚的沙棘地凸显布仁孟和兄弟的坚守。

一个小时零五分钟，

我扬头蹲坐，它俯首站立，

所谓咫尺恰好是一种准确的形容。

没有出声，但交谈热烈，

使用着同一种语言，

关于这点，任何人都无须诧异。

二〇一九年五月六日

立 夏

不曾尽情地享受春天，
急性子的夏天就穿着无袖的短衫来临，
于是，平静的世界如同长年被忽略的一片处女林，
引发小小的骚动，或者小小的战栗，
三三两两的花瓣扑簌簌地滚落，
草丛深处，蝼蛄与蚯蚓开始迎接新的生命……

季候到了三十而立的节点，
就应该彻底告别幼稚而羞涩的童年，
进而酝酿着为浮浪的青春饯行，
清理冬天的残骸，收拾被风雨废弃的一地散漫的
激情，
却意外地惊起一只红嘴唇的山雀，
射入猝不及防的天空……

高铁犹如不动的飞矢，行走的反倒是池塘、稻田与
电线杆，

百无聊赖的乘客在手机上搜索斗蛋的习俗，

怀念从前的一碗乌木饭，它曾经装满驱蚊的传说。

站台，信号员模仿手语，

摇动小旗，任凭铁轨伸展流畅的平行线，

时序的转轮滚动，一枚橙月正傲慢地驶向不归的黑

洞……

二〇一九年五月六日

蒙古马

马是草原上移动的风景，

将一个民族驮上自己的脊背。

当它们发力奔跑，风与闪电便是共有的速度；

驻停，肩脊就成为一块耸立的山岩。

它们的沉默融入大地的静谧，

偶尔发出悠长的嘶鸣，仿佛远古的回声，

正如出自蒙古歌手的呼麦，

从喉管中吐出一长串金属的声音……

旷野，翻卷着绿色的火焰，

点燃海水似汹涌的晚霞……

一只苍鹰在高处盘旋，

蒙古马的精神开始在天空飞翔。

二〇一九年五月九日

海上牧场

大海挺起微隆的胸膛，

接纳具体与抽象的一切：蓝鲸，海豚，鲨鱼，石鳖，

鳗鲡，烛光鱼，虾蟹，乌贼，蜢蜓，

藤壶，海葵，绿藻，珊瑚……

悬崖与天空的倒影，草木的根须，

思想的飞絮，情感的残渣，

以及大地的语法，一个个飘零的单词，

还有钻石，黄金，玻璃，泥沙，白色的泡膜……

这蔚蓝的怀抱盛满母慈与父爱。

把牧场建立在海上，

不为捕捞，只为实现一个盐味的理想，

让自由的元素逼近美丽的形式。

一波波浪涛犹如奔马，

随风暴而动，见阳光而驻足，

白色的水沫飞扬，仿佛子夜的星星，

又如初夏逆生的雪花，

为了爱情而歌唱，

为了幸福的传说而跳舞。

在海西，我祈愿自己成为一支船桨，

一段木头制造的故事，

任凭有心者掌控或无心人遗弃，

犹如孤独的小羊，在无岸的水域流浪，

与船帆、舱板和渔网一起成长并同时腐烂，

或者认定三都岛的方向，

划动碧绿的水面，

死亡的漩涡也不能阻挡对彼岸的向往：

水的喧嚣正孕育着家的安谧。

二〇一九年五月十四日

线 狮

狮子在提线上走，
那来自莽原的野性依然存在，
什么样神秘的力量
驱动着四蹄？奔跑，追扑，蹲卧，
摆动硕大的脑袋，
把快乐送给人民，将力量输入贫血的城市，
时而刚猛，时而温柔，
在腾挪中演示生命的辉煌。
敲锣与擂鼓，叩击麻木的人心，
一个新的世界正在诞生。

戛然而止，甚至连谢幕都省略，
线狮的飞翔是艺人的创造，
让斯芬克斯陷入沉思，
掌声与欢呼仿佛与他们无关，
在后台，年轻的驯狮者擦拭滚动的汗水，
露出羞涩的笑容，

映衬着肩膀上轻微颤动的肌腱。

哦，狮子就是狮子，永葆

王者的雄风，哪怕沦落市井小巷，

哪怕已成为木偶，

哪怕只是在提线上行走。

二〇一九年五月十四日

霍童溪

溪畔，我看见

圆浑的鹅卵石在水中漂移，

而诗歌在粗砺的礁石间不紧不慢地穿行，

高挑的芦苇颔首行礼，矜持而温婉，

阳光悄没声儿地击打水面，溅起小小的涟漪，

为白云的倒影镶嵌一道道金边。

绿，在茂密的茶园里欢快地流淌，

畲族姑娘灵活的手指在近乎透明的叶尖

翻飞，仿佛一群调皮的小燕子。

红豆杉制作的木管形如尖锐的牛角，

发出中气充足的欢迎辞。

一名身披白纱的新娘，

轻轻挽起百年榕树的一只手臂，

倾诉流水似的思念；

一位饱经沧桑的渔夫不断地撒网，

打捞昨夜遗失的一枚水月亮。

此刻，在一架古筝旁边，
我伫立，屏息等待一个神秘的来客……

二〇一九年五月十五日

小 满

据说是麦子灌浆的节令，
尘霾终于散去，
天空呈现迷人的风吹蓝，
那是被黑夜清洗过的水晶膜。

透过忧愁堆积的云朵，
可以看见被太阳遮蔽的月亮，
生长如梨花的星星，
以及白光朗照下的蜃景。

一条锦鲤在忘忧河里游动，
悠闲而自在，毫不设防，
但鱼饵在前方晃动，
一枚凶险的钢钩正藏匿其中。

田垄上，苦菜花盛开，
而靡草却在等待命定的末日，

江湖遵循着自己的规矩，

任凭潮水的涨落泄露人事的无常。

小满，体现了美妙的双向性，

可能是小小的满足，

一种对丰收的期待和努力；

更可能是小小的不满足，

卑微，但并不猥琐，

正如翩翩飞舞的红蜻蜓。

海淀与昌平的交界处，

雌雄同株的石榴花在怒放。

二〇一九年五月二十一日

芒 种

写下"芒种"二字，多少有点儿茫然，

湮佚在废墟的记忆泛起，

宛如流散于时间河床的沉渣。

反光镜的童年，剥去节日的糖衣，

只剩下计划经济下的票证。不识之无的年龄，

不会理解声音和语义具有多种的指向，

好奇的小脑瓜儿总是不住地寻思：

莫非是锋芒毕露的种子？

抑或急匆匆地向田野插播丰收的希望？

或者盲目地抛撒春天的剩余价值？

诚然，最具魅惑的解释就是

金灿灿的麦穗上跳荡着金灿灿的阳光……

螳螂在传宗接代，绚烂至极的百花

纷纷撤退，一只反舌鸟

陷入了季节性的沉默。

相传，晴天的霹雳在清朝晚期炸响，

惊醒为红楼写梦的多情公子，

把一个恭迎花神的仪式翻转为葬花的独白。

哦，请允许我记录一段仿真的历史：

八岁时吞下一颗青红的梅子，

果核同时落进胃袋，蚀骨的酸味

从此就哽在喉头……

芒种，忙种，但种子已在腹内化作结石，

并以另一种方式成长……

二〇一九年六月六日

夏　至

夏天难道不是早已来临？

春光追随冬季去到破败的旧营地，

五月脱掉了时间的灰外套，

让一袭黄土地的长裙截为超短的牛仔裤。

雷雨已是频繁光临的不速客，

不时为彩虹举办一场又一场声势浩大的庆典。

风继续在流浪，星星

隐约闪烁，恰似一大群漏网的游鱼。

杨梅在透明的白酒瓶里沐浴，

槐花与鸡蛋邂逅于铁锅；

时日静美，让喧闹的紫丁香绽放，

让熟透的石榴花飘落，蜜蜂与蜻蜓比翼齐飞。

父亲节的问候尚未完成，

凉意照例被阻挡在流火的七月之外，

只有挨过暑热才能安静地哼唱丰收的清平乐。

词语飞起，像一只只小蝴蝶

绕着花园嗅闻花的芬芳，

寻找恍如隔世的初恋情人。

关于白夜与红月亮的记忆在马赛克的屏幕上浮现，

今天，哪怕忧伤，

也必须保持一个明亮的好心情：

在绝望的崖顶，栖停着一只蓝眼的夏至鸟。

希望是一个调皮的小男孩，

顺势把秋天的大梦搬上夏天的窄木床……

二〇一九年六月二十一日

意 外

诗歌需要出人意料，

作文让人行走在情理的边缘；

而生活么，不断逸出计划的大框架，

并且抹除逻辑的小链条，

戏言往往成真，誓词反倒随风粉碎于暗夜。

每一首诗都拥有一个美妙的开端，

结尾却不由人的意志所控制。

浦东的天空清朗，虽然也曾飘过小小的乌云，

但首都机场雷电大作，

乌鸦及时闭嘴，但声音仍从唇齿之间漏出。

延误……延误是二十一世纪的宿命，

薰衣草与玫瑰同室操戈，

月亮滴下小小的水珠，

在陆地上砸出一个巨大的湖泊，

说是人工建造的奇迹，神秘却内藏其中。

此刻，候机大厅，声音的波浪相互推拥，

茫然的人脸在长椅绽放。

你孤身一人走进语言的隧道，

必然会遭遇思想的偶然性，

呜呼！意外的绿叶裹紧了意外的花苞……

二〇一九年七月六日凌晨上海浦东机场

大 暑

太阳的魅力丧失殆尽，
暑热考验农夫们的体力和耐心。
如同书生气十足的范进，护城河盼望
意外中举的结果，等待一场痛快的暴风雨。
干涸的沟渠羞涩地露出家底，
空荡荡的土垄上，两只田鼠喘着粗气，
一个稻草人迎来一群麻雀的啄食……

人造的清风，从空调器竭尽所能地向外旋转，
世纪的银碗已经开始发黑，
去年的白雪蒸馏成鬓边的一绺灰毛。
天性乐观的蜀葵尚未彻底开放就命在旦夕，
任凭紫色的樱桃始终保留红皮肤的好感；
露珠比晨曦中的枯叶更早凋落，
蝉声占领了黄绿相间的领地……

世事总是无常，人生未必有序，

七玫瑰的最后一朵，伊人

凋落在仲夏时光的凌晨，民国风遂成绝响。

一切终将过去，一切自会化作回忆，

时间是造物主抛出的魔筐，沿路收拣流浪的小生命，

将所有节气的魂魄纳入其中。

哦，乌蒙蒙的天空，适宜种植温柔的蘑菇云……

二〇一九年七月二十三日

美是毫无缘由的独白

美是毫无缘由的独白，

正如漂泊的云彩，

索性连牵引的根须都不再需要……

白皙到透明的是她的皮肤，

血液蔚蓝宛如大海，

隐在山水背后的光亮是纤细的骨骼……

美啊，徘徊于存在与虚无之间，

她自言自语，自在自足，

在伦理规则的尽头，自由地为真理发声……

二〇一九年七月二十七日

立 秋

立秋是一个狡黠的幽灵，

闯进了炎热的三伏天，

吹一阵狂风，下一场暴雨，

随即悄悄躲了起来，

笑看世人错用"七月流火"的成语，

仿佛被刻意颠倒的是非，

或者进入传说：一匹黑马变成四不像的麋鹿，

在庭院和广场昂首阔步行走。

昨日是七夕，爱与恨

经历了夏秋之交的芰蕖，

中间亘隔的只是零点响起的钟声。

于是，你颓然感慨：说什么一日长于百年，

人生么，恰似白驹过隙。

此刻，沙粒堆积的黄金海岸，堰塞湖的遗迹——

液态的生命，依偎着隐蔽的火山，

掠过一丝窃笑的涟漪。

二〇一九年八月八日

浮云与蓝

浮云与蓝，绚丽多姿

并且无端虚幻，犹如人生，

在怀疑中铺展真理。

你欣赏也罢，忽略也罢，

它们飘忽而来，又断然而去，

你珍惜也罢，挥霍也罢，

它们也不会因此为你作更多的驻留。

你凝视，拍摄，定格，录音，

竭尽艺术的一切可能，但你踏不进同一条河流，

甚至也不是第二条、第三条河流……

时间如水，光阴又似铁，

轻易而沉重，堪与辽远的大地相伦比。

你的忧伤是秋天的锯齿镰，

顺势把赞美的形容词从唇间抹去，

让一个感叹词飘落，恰似一片枯叶。

蓝与浮云，都是琐碎的细节，

在不经意间四下蔓延。

但一颗麦粒入土，

可以让原野焕发蓬勃的生机，

一块又一块鹅卵石执着地向远方翻滚，

最终必将填满一座海洋。

二〇一九年八月十三日

庄子故里

太史公斩钉截铁地说道：

"庄子者，蒙人也。"

这自然不是阴山脚下的蒙古人，

此蒙肯定非彼蒙，而是丢失符码的蒙泽。

那么，蒙泽又坐落在何方？

正如今人与古籍的距离，不远

也不近，但归属地搁置于相去数百里的争执。

传世的史记打了一个吊诡的活结，

留待后人无谓地抽取并捆绑。

获水与汳水曾是亮晶晶的见证，

相视嫣然一笑，

任由一只蝴蝶翩然

飞过老井的上空，向去处去……

智者拈着胡须，早已道出实情：

所谓故里，只是一个小梦，

无非借助逍遥的翅膀，从来处来……

二〇一九年八月二十九日

己亥年白露

童年，一句俗语曾经在故乡流行：

"白露白露深白露，谁人赤膊是猪猡。"

秘不露身的节气，它的生动令我记忆至今，

比"白露为霜"更深入语言的骨髓。

但词语流动，声音比水滴更疾速地旋转，

偶尔，白露这临近仲秋的身体

还会绽放发达的胸肌，

向暑热道别，为伊人保留一丝暖意到冬天，

一夜西风，与亮晶晶的芦竹一起枯萎……

二〇一九年九月八日

海的门

风从江畔来，水向深海流……

对于一个自足的空间，
门，无疑是重要的，
它是一种界限，
可以为生活提供风暴中的安宁，
并为现实增加美的元素，
譬如内与外的区别，家园和故乡的缠绕，
水陆的交流，河汉与湖泊的分割，
都与这隐秘的阻隔有关。

相对于屋门和天窗，
海的门户自然是无形的存在，
甚至连难以捉摸的影子都不曾有过，
虚缈如同傍晚掠过的一群鸥鸟。
但海门是真实的城市，
它宛如一只美丽的大眼睛，

远眺夕阳荷锄归去，

空留下一条绿色的海带，

静卧在清冷的滩涂上，

仿佛在提醒淡水与盐粒各自的归宿。

共生，却并不共在于同一个屋檐，

正如日常用语和诗意的修辞。

海门之夜，伴随着渔女的歌声，

每一颗星星都经历了黄海与长江的洗涤，

纷纷高举一柄心形的钥匙。

二〇一九年九月十二日

海宁观潮

每一滴水珠应和时间起伏的搏动，

翻滚，模仿海马奔飞的姿态……

这是人心被地心所吸引，

仿佛在陈述命运激荡的一个个悖论，

那深陷于喧嚣的安谧

或者宁静中的风暴；

远处，来自天河的瀑布宛如白练，

平缓向前伸展，

寻找倾诉激情的出口……

顷刻，黑夜散成了白昼，

无限的光点裹挟着浑浊的泥沙在眼底闪烁，

让伟岸与渺小共生于一个波浪。

人潮散去的时候，

非人工的声音遭到了遗弃，

在堤岸下发出忽高忽低、忧伤与兴奋参半的泣声；

而水珠，附吸于想象褐色的鬃毛，

还在翻滚……

二〇一九年九月十五日

疏勒河

祁连山，疏勒河，花儿地，

十道沟的河床沉积着隐秘的温柔，

岩石的友谊，泉水的爱情，

在任性的运动中证明自然的情感链，

世界的血液，悖逆了自西向东的惯例，

由低处朝着高地蜿蜒……

被流沙打磨过的河水闪映幽幽的蓝光，

照亮沿途的紫针茅和野雀麦，

一片浮云降落于疏勒河的水面，

在绿色涟漪的诱惑下跳舞……

秦时的明月已被浸泡成一朵莲花，

遥对峰巅单纯的雪意。

两岸，不时有骆驼和驭马奔走，

白刺与柽柳也是匆忙的过客，

葱茏的草甸仿佛时间遗留的衣冠冢，

静谧、肃穆而坚韧。

红隼鸟归巢；晚霞张开翅膀，

拂弄沙拐枣的灌木丛，弹奏嘹亮的寂静。

临风的芦苇簌簌低语，

所谓虚无，便是大片神秘的沼泽，

一面倒映蓝天的泥水镜。

但疏勒河保留了清晰的记忆：

永恒之舟曾经在黄金河畔短暂地停留，

那时，月光就是透明的压舱石。

二〇一九年九月十五日

蛎岈山

大海作为一个不称职的母亲，

似乎已经习惯厚此薄彼，

让少数霸道的孩子占据了琼楼玉宇，

大部分遗孤便只能在茫茫的水域四处漂泊。

于是，牡蛎这珊瑚的同路人，

学会了相互拥抱，构成一个新的世界。

入水为礁，出水为山，

在黑白的原则下凸显生命的灿烂，

为死亡竖起一组非人工的雕塑，

与附近的海船恰成对照……

蛎岈山是有历史的，

伫立，如同创世纪的女娲石，

无意间增加了大海的高度，

对海岸数千年的感恩孕育一道沧桑的风景。

明珠似的泪滴早已枯干，

但泪痕依旧凿刻在空贝壳的脊梁上，

此刻，一个巨浪自海洋的深处劈面袭来，

阳光不由自主地后退一毫米，

一束卑微的碎花在蛎岈山的尖顶绽放……

二〇一九年九月十七日

秋 分

没错，秋天有足够的理由感伤，

临近冬天，雪花已经上路，

而清晨的薄霜正在草尖上编织白帽子，

似乎为了抵御鲁莽的冷空气，

又或者在为灰白的鬓毛寻找同情。

在直射的几缕阳光下，

抒情诗的主人公不屑于叙事，

只是将剩余的月饼一股脑儿收入腹中，

侧耳聆听蟋蟀凄厉的鸣叫，

目睹西风吹皱一池秋水，

当季的早桂花正给林荫道锦上添香。

秋分是第二个中秋节，

此后，白昼短，黑夜长，

如同人生之轮滚动到中途，

站在山坡上，远眺夕阳与晚霞的游戏，

回忆春天的花朵开放又凋落，

还有童年的货郎担。

一首诗的书写，从开头

到结尾，跨越了黄金分割的正午，

哦，下午三点钟的指针，

仍在转圈，不紧不慢，

将每一秒钟的你我不可逆转地抛向身后……

二〇一九年九月二十三日

无雨寄北

寄北，大雁已经开始南飞。

如果北方以北尚有北方，又究竟是哪一方？

昨夜的雨还在滋润前天的相思？

巴山的问题令人尴尬，

没有人再去过问落叶的归期。

不如怀古，在楚风中寻找比兴的小运河，

古典情怀像一个远方的黄土坡，

悲哉！秋之为气也。

平士失职但情志奈何能平？

一片纤云飘飞，风流儒雅，冠绝李杜。

文言的韵味善于在现代汉语中隐藏并流传，

这是感伤主义的继承，

也不失是后现代诡异的策略，

哦，今天的尘霾能否遮蔽明天的太阳？

月亮不语，它新鲜如初生的婴儿。

二〇一九年十月六日

夜雨寄南

晚秋，夜雨恰似落叶，

扑簌簌下了一宿，

即便门窗关闭也挡不住雨声飘进透明的耳廓。

九月的命题让我想起生非唐朝，

逆转时针不仅是一个笑话，

而且贻害无穷。

那么，或许应该寄一下南，

哦，南方有我的亲人，我的朋友，

并且，南方的桂花正在泥水中流淌醉人的浓香，

还有真实地汹涌的大海，

蓝色诱人，偶然的波涛宛如一曲复杂的交响。

前日的雨滴勉力清洗春夏积攒的忧愁。

此刻，我的西窗恰好面对一轮北方的夕阳，

五环内外的每个人都在为自己奔波，

但又活得那么不是自己。

二〇一九年十月六日

重 阳

重阳只是秋寒一个闪光的别名，

茱萸已被拔光，一大片腾出的空地

即将长满白色的小雪花。

即便登高也不一定看到远方，

有的人近在咫尺，其间仍然横亘了一个深渊，

有的人身在海角却反而倍感亲近，

我的兄弟当然不只在山东，

何况还有那么多诗歌的姐妹呢。

节日的标识为记忆提供和美的归宿，

浊气颓然下沉，清气上扬，

让不能团圆的人们相互心存美好的念想。

母亲还在客厅缝制出行的寒衣，

归来的游子却厌倦了江湖上的行走，

楼下的寸草陪伴着他假寐，

唯有透明的米酒在半透明的夜光杯中歌唱，

重阳之后，明天是寒露……

二○一九年十月七日

寒 露

蝎子托举的心星向西边倾斜，
所谓重阳，据说是夏日的回光返照。
暑气四下溃散，九月授衣，
梧桐树上的老蝉发出一阵阵凄厉的鸣叫，
寒露，清凉已是时间的宠儿，
红叶点染西山，恍如
满天霞光悄然落地，覆盖悲伤的晚秋，
与一丛丛黄色的菊花媲美斗艳，
直面亮到滴红的茱萸果，辞去青涩的喧嚣。

燕雀没入大水成为蛤蜊，
这是传说，埋伏着诗歌的新概念，
置换了天空与海洋的生存线；
沙漠在城市内部生长，
喷泉仿佛是窥测地球腑脏的内视镜，
冰山在远方记录新神的谱系。
你们总是说，地球正逐渐变暖，

但我真切地知道，寒意已经蠢蠢欲动，

人类即将面对一个白色的冬天。

二〇一九年十月八日

诗歌是一条漫长的道路

诗歌是一条漫长的道路，

有过平仄、韵脚和赋比兴的路基，

丝绸又是另一条历史之路，

桑叶、春蚕和织梭机提供了柔软的平面，

有时，她们相互交叉，

有时，她们也并排着向前延伸，

一起逸出汉唐的国界与象形的藩篱。

诗歌的上空，鸽子展开翅膀，

飞向蓝色的岛屿传播和平的咕咕声，

丝绸的脊背上有骆驼漫步，

穿越黄澄澄的大漠，缀连美的微量元素，

她们殊途，却拥有共同的方向。

邂逅和相守是命运的必然，

韵母和声母相似，收纳了汉语最初的创造之秘。

但在吴侬温软的方言中更有着美丽的吻合，

犹如恋人之间共同的心跳，

诗与丝，丝和诗，

恰似清澈的小溪与晶亮的江河，

共有同一个源头和血缘。

而在镜湖辉映的冲积平原上，

盛泽，恰似一块丝绸密封的璞石，

哦，那翠玉的路标。

二〇一九年十月八日

霜 降

霜降与雾霾同时来临，

薄薄的一层，犹如冬天派出的小密探。

此刻，且有霏霏的小雨轻飞，

在朦胧中期待一份清澈。

炎夏依稀还是昨日午后的风景，

但秋天已果断地抹除所有的光与影。

藤蔓上的茄子耷拉着身躯，

偎紧灵魂向内部收缩。

东小口的旧草坪释放残余的激情，

任凭纯白的泡沫盒与浅蓝的塑料袋翻滚

一场旷世的情色恋。

公园的落叶仰望光秃的树梢，

对着无法返回的来路叹息不已。

初霜，被雨水淹没，

犹如故事被叙述重新组装。

你合上一本德国表现主义的诗选，

离开貌似宁静的书桌，

走进烟火熏烤人间的厨房。

瓷质的洗手池仍在倒映尘世的喧嚣，

过滤着茶余饭后的少数残渣，

下水道正在无力地呐喊……

二〇一九年十月二十四日

立 冬

秋天不知不觉走到了尽头，

轻轻洒下一层薄霜，

掩护残损的绿植，顺便抹除自己的存在，

放弃涉及丰收的承诺。

它明白，春天

必定会在前方灿烂，

但已在局限严重的视线之外，

如同晌午，被灌满了黑夜的传说和月亮的逸闻，

半透明的身体却无法亲密地领略。

冬天来了，没有神圣的仪式，

也不曾发布动人的致辞，

而是秋风与红叶的最后一次约会和告别。

杂色的云朵流浪已久，

去向未明，此刻停留在天边，

屏息，仿佛期待十二月响起一声可能的惊雷。

二〇一九年十一月八日

诗跨年

跨年，在友谊的簇拥下，

我们种植语言之美，

摇动诗歌这一支金桨，

撬开被严寒冻结的情感河，

让时间之舟启航，驶向善与真的彼岸……

十二点或零点，暖流

回旋在偏于一隅的东升北领地。

想握手就握手，想拥抱也就自然地拥抱，

而诗歌，正在亲吻朗诵，

声音兴奋地跳舞……

美好的夜晚在祝福中临近尾声，

主持人亲切地道出"晚安"，

一个稚嫩的声音却迅速作出新年的纠正——

早安！是的，

"早安，2020！"

二〇二〇年一月一日

立 春

立春与春节猝然相撞，
如同白毛的喜儿遇见久别的大春哥，
一腔相思的愁苦化成了雪水
流淌，灌溉郊外麦地的拔节声。
季节的重叠并不常见，
倒也并不是象征的骰子偶然一掷，
青春的高冷与中年的和暖撬动生活的双轮车。

越过了小寒与大寒，
二月的身体装满大小不一的冰凌，
等待黄昏的煦风，等待破晓的霞光，
等待奇迹在水洼中迸发。
林荫道边，两块石岩的缝隙，
稀疏的柳枝躲开了影子的胁迫，
正在咿呀低语……

花坛上，一只狸斑猫

敏捷地追逐惊惶的灰喜鹊。

连翘的篱墙正在酝酿朴素的芬芳，

为花苞敷设灿烂的前程。

世界原本是一幅留白的风景：

数丛偶然的绿意正从大地深处渗出，

哦，一种轮回的必然！

二〇二〇年二月五日

与谷雨邂逅的生日

谷和雨的亲密是他人不觉的隐私，

如同水在体内的储存，

一直忠实地维持灵与肉的互动，

恰似空气在每分每秒之间无私的陪伴，

让呼与吸构成奇妙的节奏。

诞生是一个奇迹，恋爱是又一个奇迹，

时光之手善于凿刻生日的水果蛋糕，

眼睛必然是最具光彩的黑玫瑰。

两个人的空间从不存在隔断，

门虽然存在，但徒具象征的意味。

拥抱是交响乐的前奏，

亲吻为情欲提供升华的翅膀……

我们终将老去，

并且不能幸免于死亡，

但驮载过爱与美的诗句必定可以永生。

二〇二〇年四月十九日

谷 雨

节气的嬗替让人们成为自己的反义词，
借助高科技重回农耕时代，体验从前看天吃饭的日子。
现代人祭奠祖先的英灵，但辜负了风新叶翠，
匆匆赶回钢筋水泥的工作坊。

祈盼谷子如雨是另一种合理的解释，
不论淅沥或者滂沱，自天际络绎不绝地降落，
最好掉下一块喷香的馅饼，
可以因此偷懒，免除劳动的辛苦与不测。

春阳接近尾声，夏夜也已经上路，
戴胜与子规比拼脆亮的歌喉，
关关的雎鸠走出诗经，对着旷野大声啼鸣：
布谷，布谷，布谷，布谷……

一只燕子口衔软泥掠过清亮的小溪，
在路边建筑它们的新居……

大地屏住呼吸，期待挨过那炎热与迷茫的季节，

去见证锋利的黄金如何戳破无缝的蓝天。

二〇二〇年四月十九日

菰城引

记忆梳洗着破损的童年，

犹如太湖的细浪拍击嶙峋的石岸，

坻汕被一寸寸挤迫，

萎缩，但迄今尚未彻底消失，

沧海与桑田各自完成了一半的变迁，

只要汛期来临，湖水就会及时找到汹涌的理由……

故乡有一个生僻的小名菰城，

因此铭记着茭白的前生，

携带着玲珑的纯洁和细腻的软糯。

潮音桥腹下横置的小石桥逼仄而安静，

驳船与拖轮沿着苕溪的水面不断穿梭于桥洞。

南墩的池塘泛起五色的光泽……

楚霸王的传说依旧在滋养奉胜门的遗址，

残垣已是迷藏游戏的最佳场所，

碑亭和石板路沦为愈益珍稀的冷风景，

清澈的护城河漠然倒映历史的懵懂和无知，

丛生的芦苇数千年容颜不改，

白茫茫一片，宛如伊人在水之湄……

深色的青苔吸附错落的田垄和菜畦，

栀子花的芬芳熏染绿色的楝树。

一根芦柴花在旷野上遗落，

骑牛的牧童哼唱的居然是西北大漠的情歌：

　"走哩走哩，越走呀越远哩，

眼泪的花儿把心淹过了，嗬嗬……"

二〇二〇年四月二十日

婚姻是一棵向上生长的石榴树

阴历的三月廿七和阳历的 4 月 28 日，

出生时重合的一个记载，随着成长而逐渐偏离……

变幻与静止，都是世间诸相的启示录，

蓬乱的草坪需要被剪裁成板寸或者小平头，

充满缺陷的人性等待完善的修理，

相恋是不断移动的割草机。

婚姻是一棵向上生长的石榴树，

春天，灿烂似火的花瓣爬满枝杈竞相开放，

微风轻拂，送来关于新生的好消息，

到了秋天就结成一枚枚浑圆的大红果，

筑建美丽的小屋子，

为漂泊的肉体提供家的元隐喻。

石榴的籽粒享受着亲密的拥挤，

仿佛记载生活中每一件微不足道的琐事，

或许是互相乔装的怄气，

也可能是不离不弃的相互依偎……

当你我老了，白雪也应着季节在头顶找到归宿，

平淡与朴素便是爱情最理想的栖居地。

二〇二〇年四月二十八日

感恩辞

癸卯年八月廿八，妈妈终于卸下血肉相连的重负……

一个护士倒提小小的肉团，使劲拍打几下，

这人世间便多了一个喜欢啼哭的婴儿。

当我开始称呼妈妈为母亲，不经意间重获一次精神的

诞生：

初识之无的小男孩自此开了心窍：

在辽阔的天空之下，伸展着一片同样广袤的大地，

与江湖相比，另有一种深刻的水域叫海洋，

于是，我逐渐领悟独木不可能成为森林的硬道理，

所谓自由，必然有着更多责任的支撑，

超越有限的哀怨仇恨，时常弥散着无限的爱和友谊，

生命短暂却可以拥有永恒的忆念，

置身六合之内，每个人能够千万次地拥抱方圆。

妈妈这个称呼一直亲切地证明脐带的血缘，

而母亲的书写则泄露内心的敬畏，

它们意味着世界的开端与终结都属于大写的女人，

证明美丽与青春并不是相互依赖的逻辑。

衰老是一种自然的规律，但有着双向运动的艺术

反应，

从妈妈到母亲，鲜活的口语走向典雅的文字，

记载生命的平行线，由母亲再到妈妈，

犹如冰冷的哲学重归火热的生活。

母爱的博大，永远流淌于悄然不觉的存在，

恰似阳光、空气和水……

最纯洁的晶体隔离俗世的尘霾，

让柴米油盐的日常成为最昂贵的奢侈。

母性的高贵在于平实地阐述牺牲与隐忍，甚至妥协，

并且衍生一连串普通而骄傲的单词，

俯瞰天下翻滚的大事，当作等同蝼蚁的细节。

今夜，只愿为母亲过一个节日，

让平川凸起为高山，让城市还原成翠绿的牧场，

让大街小巷除去情节与悬念的障碍物，

让小小的客厅成为美丽的中心花园，

让木质的餐桌散发着米色康乃馨的芬芳，

让我脱掉半世顽劣的外套，做一个谦卑的儿子，

播下一粒快乐的种子，在橘黄的萱草花中忘掉忧愁，

举起一只黛青色的夜光杯，盛满感恩的汁液……

而月亮正滑过墨玉缀饰的夜幕，透过窗户流泻慈祥
的光辉……

二〇二〇年五月十日

活着那美妙的深意

夏至与一个男人的节日撞了满怀，

这是时空适宜的巧合，

秉有夏天的奔放与成年的自信。

此刻，关于父亲的印象

似乎模糊但愈益清晰，

我知道，那是永远无法进驻的世界，

正如我自己内向的封闭，

实际隐藏了千万敞开的入口……

鸿沟还在，并且被生死的阻隔更大地撕裂为深渊，

疼痛不仅是生理必然的反应，

更是一种心理的摧毁。

虽然，大河小溪有过无数次的改道或湮没，

世界却因为你而竖立了山的形象，

即使在平原运动也不会失去巍峨的高度。

四季的风从来不曾停止，

雨暴打湿了树叶，一次又一次增加日常性的分量。

这是六月一个周末的早晨，

安静、阴郁和闷热，

由于怀念你，我莫名感到活着那美妙的深意。

二〇二〇年六月二十一日

小 暑

1

一棵树上的芍药已经凋落，

另一棵树上的栀子花正缓慢地伸展嫩蕊。

这令人想起俄罗斯诗歌著名的双姝：

阿赫玛托娃随遇而安，

在平静的枫丹卡河畔委曲求全，

身子开始丰腴，逐渐雍容成了端庄的圆月亮；

而暴躁的茨维塔耶娃屡次遭遇窄门，

最终无奈化作一根绳索，

在人性的弱点中勒死了脆弱的

自己。

2

小暑，意味着岁月之轮开始顺着下坡滚动，

隐形的手指听命于无常的偶然，

凌空频点，暴雨与干旱

可能同时降临，

春天已被挤压成岸边的一粒小水珠，

回望曾经是海洋的崇山峻岭。

尘土与残花联袂飞扬，

奔向同一个逼仄的空间，在那里

角逐最后的墓地。

二〇二〇年七月六日

处 暑

大疫尚未散去，天空一直阴晴不定，
仿佛竭力证明尘世无常乃是生命的常态。
暑热向来莽撞，搬空
一家又一家词语的冷藏柜……

暮晚的风云瘸着一条左腿，
稍显狡黠地窜入文化的会客厅。
切忌以为秋高自会气爽，殊不知
阳历八月依然潜伏着十八只凶猛的老虎。

对于处暑，我总是心存莫名的疑虑：
它莫非暗示一种逃离，恰似
草长莺飞的成语被撤走了连字符的独木桥，
意义自行折断在声音的激流区。

夏天残留的玫瑰斫除自卫的棘刺，
默然伸展花瓣透明的小翅膀，准备长期的流亡……

初秋的雨水追着时间肆意泼洒，但显然无济于北方
的干旱，
人行道两侧的珠泪顷刻被水泥的预制板吸干……

二○二○年八月二十二日

中元节

祭奠，与亡灵同在，

与清明的节气隔空呼应，

尽管阴与阳有各自的时间差，

记忆必须为自己找到存续下去的正当理由，

纸质的纪念碑吸纳了永恒的叹息，

高于青铜和大理石的耸立……

小区的花径幽暗而窄长，

犹如秋夜矜持伸展的根须，

白昼的西风吹走枯叶，

夏日遗留的玫瑰成了一只受惊的紫椋鸟，

无奈栖停在黑色的枝头，

残损的花瓣依稀有血液渗出……

节日是一个热闹的漩涡，

如同美丽的风景，

充满了诱惑，但遍布着危险；

来自春天的消息已经在路上丢失，

带路的是一只乌鸦；

月光照不到的黑暗地带，

磷火代替它们闪烁骨头的忧伤……

二〇二〇年九月二日 中元节

碛 石

江南是水的故乡，

一朵湿润的云从关厢街角飘过，

拂过世纪老屋飘动的旗幡，

带走唯美的新月最耀眼的一道光，

带走水晶座的春梦。

青石板响起跫然的足音，

九月，举着倒悬的盂兰盆降临，

荷花在昨日凋谢，化作一盏盏祈福的河灯，

娇羞的莲心却在湖水的高处浮动，

提醒石头在水上漂浮的日子，

聆听水底芦苇的呼吸……

一条街道的通达需要砖石与泥土的配合，

一首诗的完成离不开词与句的簇拥，

而一个人的成长必须有苦难和幸福巧妙的转换。

碛石，记忆站在湖边，

拈起一块小小的片石，轻轻打了一个水漂，

顷刻，内心漾起一圈

又一圈涟漪……

二〇二〇年九月三日

白露下雨

露从今夜白，

殊不料，大雨溅湿了循规蹈矩的日历牌，

骤起的暴风吹落树叶，

仿佛从苍白的天穹

驱赶一群寥落的星星各自散去。

五点半，雨霁，

黄昏，乌云相互簇拥，

遮住了自然主义的夕光与丹霞。

一粒露珠似的雨滴怀抱纯洁的怜悯，

从一片绿叶

对着地下的一片黄叶

滚落……

二〇二〇年九月七日　白露

白哈巴

（白哈巴，蒙古语"白色的河流"之意。白哈巴村位于新疆阿勒泰地区哈巴河县铁热克提乡境内，位于中国与哈萨克斯坦边境，距哈萨克斯坦东锡勒克仅1.5公里，因此，被称为西北第一村。）

一场大雪下在了秋天，

逸出日程表既定的网格，造成一个新的意外。

于是，想象就成了唯一的路径：

白哈巴，那花草滋养的部落，

一座河流孕育的城堡，

西北高耸的神话山系绵延的又一段支脉，

钻石与金子在黄玉的宫殿上闪烁，

火苗似的情歌绕着画栋在翻飞……

每一位慈祥的长者都是高贵的王爷，

智慧沿着白色的胡子流溢；

每一位少女都是冰肌玉骨的公主，

骄傲的眼眸让星星倍感羞怯，

曼妙的身姿保留了白桦的挺拔；

每一位少年都是英俊的王子，

身骑赤色的骏马，左肩佩挂七彩的箭囊，

右手高举银光闪闪的长矛……

两条美女蛇小河盛满了珍珠的箴言，

缠绕花团锦簇的白哈巴，

清澈的水流仔细地洗涤着尘世的忧伤，

落单的蓑羽鹤惊奇于水中的倒影，

河边的砾石滩上，"哞哞"与"咩咩"的声音此起彼伏，

啁啾的鸟鸣与露珠一起在红叶上滚动……

蓦然，一缕阳光从茂密的乌云脱颖而出，

积雪在草地上开始融化，

并向我的脉管注入一种边地的纯洁……

二〇二〇年九月二十八日

五彩滩

夕光，布尔津少女偶尔失手

打碎了一杯美酒，空气中顷刻充满了芬芳；

起伏的河滩开始流溢五彩的汁液，

醉了森林似的目光，也醉了大地动脉隐蔽的呼吸。

伫立在栈桥上，我眺望……

不意间就看到了第六种或者第八种颜色，

那被额尔齐斯河浸泡到透明的无，

彩色之外最纯粹的色彩。

飞鸟无法啄食，

游鱼也难以吞噬，

雨水不能蹭除，

狂风也永远吹刮不了，

它们躲在绿黄相间的苇丛背后，

与安静的岩石相互依偎，

悉心收纳缤纷，也漫不经意地在丰富中集聚唯一的

单纯。

摊开十指，我力图握紧

这五彩滩之无，但不过是一种徒劳，

它在秋日存身于水流，

到了冬天，化身为混沌的风雪，

宛如创世之初……

二〇二〇年十月七日

时间连灰烬都不会留下

云淡了，轻烟却袅袅不断，

河水浅了，堤岸也有遗痕存在，

风吹过，沙粒覆盖绿地，

树叶凋落，枯枝还在冷风中战栗，

镜子迸裂，碎片落满一地，

华丽的宫殿倒塌，废墟继续成为另一片风景，

白昼循序离开，黑夜照旧泛起余光，

一个人死了，或许还有褒贬不一的浮名，

两个人旷世的爱情消失，积攒的怨恨依然在徘徊，

而时间流逝，甚至连灰烬都不会留下……

二〇二〇年十月三十一日

落 雪

一场大雪居然在小雪 *

之前降落，

初冬，一位含春的朋友逆着时令而英年早逝，

恍如透明的晶粒被攥在手心，

瞬息就杳无踪影，

摇篮曲因此押上了挽歌悲伤的韵脚。

窗前，银杏树的黄叶与白色雪花

一起飘落，仿佛生与死在相互敌视中又相互依偎，

仇恨早于爱情诞生，

世界的荒诞比理性更触动心扉，

人性的敞篷车被安装了一只兽性的引擎。

★2020 年 11 月 22 日是小雪节气

二〇二〇年十一月二十一日

小 雪

必须沉下心来，全神贯注，

认真地写一首轻盈的抒情诗，

赶在悲情的雪花结晶并且非理性地飘飞之前，

完成一个成长的许诺；

必须向秋天告别，

必须保留霜降之后迷醉的滋味，

那丰收的余香，

当然，也有曲终人散的凄凉……

必须与阳光再一次对话，

在北风中稀释整个秋季的惆怅；

必须走进意识与潜意识的黑土地，

挖掘一口词语的深井，

小雪总是迷人的，骄傲、婉约而芬芳，

宛如风情万种的少妇，

由哲理的抽象进入唯美主义的具体，

落叶叠加，泛起最后的金黄。

必须为季节的转换刻下一个标记，

让后来者有想象的根须，

在离情与别绪的迷宫中找到穿行的路径，

时间无法保证永远公正的结局；

必须留下一些词语的种子，

在漫长的冬天进行纸上的耕耘，

或者在虚拟的旷野散步。

那时，多么惬意：

在火炉或暖气片旁边轻轻地吟诵……

二〇二〇年十一月二十二日

盈川·古渡与深井

一滴水的飞翔，可以濡湿芦苇的穗须，

也可能惊动历史粗大的根须，

譬如朝露，竟然作为苦日子的象征；

一粒尘埃的飘落，或许会污染一锅清香的粥汤，

也可能增加一座山的高度，

恰似怀玉山峰顶飘扬的一杆旗幡。

上午，十点钟，面对浩瀚的江水，

陡生大海的感慨与天空的喟叹；

三五只受惊的鹭鸟划破完整的风景线，

引来阳光倒映在水面，发出波光粼粼的秋声。

我混迹于赏秋的雅士骚客中间，

蹑足寻找古渡的遗迹，考辨麒麟楦的传说，

绿色的藤蔓不语，高耸的楝树也保持着一贯的沉默，

只有岩壁上还烙刻着殷红的文字，

水渍似的暗示曾经通衢的繁华与喧闹。

焕然一新的古村落，一口深井

曾经吸纳恃才简居的诗杰，如今已是天才的祠堂，

墓地最终复活成价值连城的城隍，

生与死，脱离了古典主义严谨的语法，

在意念的流星雨中被逆转。

二〇二〇年十一月二十四日

大 雪

日子按照惯性踩着碎步缓慢行走，
仿佛暗示出生命的代谢总有自己的规律。

月历上的大雪究竟在哪里落下？
这似乎不是问题，实际却是问题中的问题。

在阴冷的南方，飘动着绵绵的细雨，
一丝，两缕，三滴，轻拍着女墙的残垣……

一个人在狭长的巷子里彳亍，
脚步拉动脚步，声音覆盖了声音。

剧烈的运动可能带来不可预测的重创，
伤口就隐蔽在看不见的脚踝。
世界，一夜之间长满白的发，
但它们的根茎却深深扎进了红的血管。

二〇二〇年十二月七日

南长城

临海，临近子夜，

拾级登上了屹立南方的长城，

两只黑色的眼眸透过黑色的夜幕，

俯瞰黑黢黢的瓮城……

下意识地扣紧了领口下的三粒纽扣，

出于惯性仰望天空，仿佛寻找星星失踪的轨迹……

不由得感慨，脚底的这堵城墙抵御过箭矢，

也阻挡过江水的扫荡，

如今那么安静，那么平凡，

应和着灵江匀整的呼吸……

一缕月光洞穿乌云，

那透明的指尖开始抚摸每一块墙砖，

插入一个神话的楔子，

于是，一部磅礴的史诗渐次展开……

二〇二〇年十二月二十一日

紫阳街

一条无名的古街，在乱世中诞生，
遗世的古迹各自为家，占据偏僻的角隅，
像隐秘的水流，顺着历史粗糙的凹槽汩汩流淌，
悉数漂洗折戟沉沙的遐想。

飞檐与雕梁，泥瓦和石板，
在有序的错落中让自我蜕变为静止的风景；
双眼井，千佛塔，
在寺院之外构成了某种至深的禅意。

牌匾在霓虹灯下闪烁，恋人的絮语
淹没于麦虾、海苔饼、蛋清羊尾和梅花糕的叫卖声，
而在昏黄的灯光下，一个中年男人拨拉弓弦，
正弹动着生活的旧棉絮……

二〇二〇年十二月二十二日

耳 钉
（为欢乐谷同题而作）

从一颗钻石到一枚耳钉，

需要经历无数梦幻之水精心的淘洗。

所谓诗人，不过是一名工匠，

他习惯了在矿井深处匍匐向前，

其后，依靠着简陋的棚架，

拂去积存的尘粒，

专心镂刻语言的小骨骼，

去除多余的杂璞，

仿制生命的大曲线，

伴随石粉一次次离别的哭泣，

努力证明劳动的价值与人的耐心。

在欢乐谷，顺便说一声，

耳钉的丢失只是一次诡谲的减负，

让空荡荡的耳垂可以接收来自八方的祝福！

二〇二一年一月三日

燕 子

燕子飞起，顷刻拉高了我的视线，

犹如闪电照亮恐惧的内心，

轻盈的翅膀与空气相敬相亲但并不相爱，

仿佛在急切地寻找树枝与软泥，

寻找某处适宜的屋檐，

建筑可以栖身的安乐窝。

从正午到子夜，

没有一只鸟在计算时间的流逝，

也不曾有一株草去关注这个世界的变化，

快是一种疾病，所谓慢也不过是一段回忆，

一只燕子轻轻滑过平静的湖面，

细爪陡然掠走止水的止。

二〇二一年一月四日

棋子湾

作为芸芸众生一个小小的分子，

经了偶然之手随意抛掷，

遂必然地成为散漫中的一粒。

我开始了归位棋盘的寻找，

为此谦卑地弯下身子，

让黄昏的海水映出自己模糊的倒影；

吊诡的是，水面还漂浮着

仙人掌、草海桐和菱形的露兜草。

这水域不是汉界，更不是楚河，

而是浩渺无垠的时间，

它们一直勤勉地检测着人类智力的极限。

或许，此刻需要想象力的推助，

才能抓住虚空中的丰实：

一粒沙子加固一座楼厦，

一滴水珠可以成就一片海洋，

一座蕉林大于一个岬湾，

一株橡树高于一块礁石，

一处隙缝比一片海滩更加神秘，

一盘棋子可以比整个海湾更加辽阔……

二〇二一年一月九日

不可剔除的场景

蹲在芭蕉树的浓荫下，

你从容地吃掉一只新鲜的大芒果。

这是日常生活的某个瞬间，

不可剔除的场景。

一片椰林的背后，

花梨木和槟榔树摇曳着，互递致意：

"唔，天气不错！"

"是的，蓝天，轻云，白光……"

村口，橡树、竹柏和青皮树

各安植物的本位伫立，

依次抻开宽窄不一的绿叶，面朝大海

并仰望天空……

一缕海风掠过你的鬓边，

咸涩，却含有一种神秘的甜……

二〇二一年一月二十五日

读诗的拾荒老人

美尽管易碎，却是这个世界的核心，
我见过天鹅湖畔读诗的少女，
她们的背影使人不再怀疑天使是否真的存在，
白色的衣裙飘扬，杨柳为之折腰，
诗与美因此形成了固定的注释。

某天，夕光打破了旧有的印象：
两只绿色的垃圾桶旁边，
居然有一个拾荒老人
席地而坐，手捧一本诗集，
仿佛浑然不觉腊月的寒风与水泥地的冷漠……

一本书构成一个世界，
一首诗是比蜡烛更为虔诚的火焰。
当他呲开豁牙的嘴唇浮现憨笑的时候，
旁边，那一片污浊的水洼正倒映着纯洁的星星。

二〇二一年二月一日

倒春寒

当赞美与豪情在空中恣意飞扬，
请给悲伤留一个位置；
那飘浮在高处的东西终究会落下，
唯有卑微的土地才会证实：
他们曾经来过。

二〇二一年二月二十日

早 春
（为一个早逝的生命而作）

比四月更残酷的是早春二月，

温柔而天真的绿尚未找好落脚的地点；

雾霾扭转了风的走向，

抑郁症的病毒在角力中居然笑到了最后，

甚至切断了生长的某种可能性。

哪怕竭力去遗忘，

哪怕周边有爆竹震耳，哪怕有绚烂的焰火伴随，

伤感的气息都无法散去，

每一点星光都是天空的泪滴。

在许诺团圆的日子，写下怀念的文字，

不是出于孤独，而是一种令人绝望的无奈。

春初，也会有最娇弱的花朵

趁着夜色

离开

枝杈遒劲的老树，

带走了她全部的秘密，

如同一首平仄规整的律诗，出人意料地

丢失了自己的韵脚。

二〇二一年二月二十六日 上元夜

辛丑年春分

书桌上平整摊开的一张稿纸，

它的前身是一根树枝

或者数片叶子；

而惬意地靠坐在宽大藤椅上的我，

终将成为未来的一抔土

或者是一粒粒飞散无定的尘埃……

一念至此，我不由得叹口气，

把春天默默地分了。

二〇二一年三月二十日

清明之后

恍如秋天的天高云淡，
灿烂的阳光也不能照亮墓碑后面的悲伤，
逝者失声，生者也默然无语。

诡异的清明已经悄然过去，
踏青的恋人开始享受美好的爱情，
祭奠完毕的中年男女不停地擦拭着盈眶的泪水。

紫丁香在低处蓬勃开放，
海棠树在高空扑簌簌抖落花瓣，
广玉兰与霓虹灯竟然同时在林荫道上空闪烁。

有人偶然出生，有人意外死亡，
有人在竭力苟延残喘，
不过，也有人看破世相一切如幻影……

一名北漂的游子端起昨天的茶杯，

远眺久违的江南，

胸口堆积的却是异己的乡愁。

二〇二一年四月五日

荒山之月

月亮是一只飞行的石鸟，

口衔大地写给天空的一封情书，

在荒山之上传递人间的消息，

顷刻，黑暗深处开始闪烁孤独的光芒。

小溪被投入一粒羽毛似的石子，

夜幕下，有心的人们只能听到扑通的水声，

看不见一圈圈漾起的涟漪，

但我知道，它们存在，绝非虚无……

二〇二一年四月十日

心 湖

湖的前生必定是一位天真的少女，

她有水质的纯洁和草木滋养的慈悲，

爱的细胞伴随血液流布全身，

温润如玉的身躯持续散发着清冽的芬芳；

明净的面庞犹如一盏镜灯，

哪怕在无边的黑夜，也有光芒闪烁，

依然遥对天空，与莲花似的月亮亲密地交谈……

哦，这美人中的美人，吉祥深处的吉祥，

她说，所谓自然就是自然地伸展或者收缩，

在忘我中找到唯一的自己。

此刻，赞美纯粹是多余，

倒不如坐一艘小船，压低歌唱的声音，

慢慢地划动，去到湖的中央，

亲耳聆听一颗心脏的心脏

那平静的搏动。

二〇二一年四月十一日

乌石榴

仲春，绿色的涟漪摇曳于邙岭的笔架山，

在杜甫出生的窑屋前，

我诧异地看见，一簇又一簇

乌黑的石榴在高低错落的枝杈上悬挂，

安静、朴素、谦逊，

表皮布满皱纹，犹如诗圣那一颗憔悴的心脏。

这颠覆了人们关于水果的记忆，

打破了习惯的认知。

悬垂的果实拥有土地亲缘性的颜色，

在浆红与黧黑的接缝处完成了某种秘密的转换，

屋顶的茅草已被往岁的秋风掀走，

尽管赤贫到只剩骨头，那饱满的汁液

已在三吏、三别和枣树的故事流失殆尽，

沙哑的声音还在隐约传递，

并穿过篱笆，紧贴着我的耳畔：

"不为困穷宁有此，只缘恐惧转须亲。"

蓦然，我内心居然产生了一阵采摘的冲动，

但理智打破了向来保持的沉默，

发出轻声的劝阻：

"它内蕴的籽粒或许正供奉着你尚未明瞭的来世。"

二〇二一年四月十八日

春 眠

春眠是冬天遗留的密码本，

留待破译的北风和冰雪需要一间自己的暗室，

困乏，不过是遮人耳目的假面具，

每一颗心脏都在时间高耸的脊背上跳着欢快的脱衣舞。

你看，柳丝轻摆，杨絮扑飞，

连翘黄，桃花红，杏花白，丁香紫，鸢尾蓝，

辛夷树露出透明的薄内衣，招摇于人行道的两侧，

天边的云彩前呼后拥一枚傲慢的小太阳。

此刻，在达子香盛开的大青山，

暂且打一个假寐的瞌睡，

醒来，和你一起寻找夏日流行的小夜曲

与秋夕听雨的容膝斋。

二〇二一年四月二十二日

四月的宣叙调

四月走到了自己的结尾，

伴随着天灾人祸的残酷，灿烂几臻极致，

花瓣依次凋落，果实正在枝梢孕育，

情感逐渐孵化成思想，

恰好对应于五十岁之后的余生，

迎接耳顺之年的平淡与宁静，

不再贪慕世间的浮华，不再逆天而狂奔。

一切将归于虚无，一切又绝非虚度。

在暮春，立意跨过夏季的浮躁，

我向往秋日的天高云淡。

一个人告别春天，就应该脱掉所有的羁绊，

哪怕赤裸，哪怕单调，

但至少可以拥有诚实的朴素。

生活是一把锋利的镰刀，

已经刈割了半辈子多余的粗枝细蔓；

时间张开严苛的网格，

身体的杂质也一一被滤除。

此后，我必须比十七岁时活得更加单纯。

二〇二一年四月二十六日

文迦牧场

文迦是象雄人的家园，

精湛的手艺保存着游牧者的守望心。

清晨，在彩虹落地生根的草场，

我着迷于广场上八大佛塔的来历，

为故事中的故事所迷醉，

专注于体验生命中的生命……

而你漫步于格桑花谷和溪畔，

叩问那蛰伏于生死之间永恒的善，

凝神聆听游吟歌手弹唱情僧失踪的传奇：

他声称见过最美丽的天空，

喝过最纯洁的湖水，

曾经陪伴辉煌如末世的夕阳。

晌午，一顶顶黑帐篷深扎于葱郁的旷野，

与山坡上飞扬的经幡构成对比。

一只山羊出人意料

离开集体，执意蹿上木质的台阶，

似乎要聆听诗人们关于自然与诗的对话，

五头牦牛觉得事不关己，兀自咀嚼美味的青草……

凌晨三点，我和你

掏空满腹的尘垢，打开天窗，

一起仰望被黄昏雨水浇灌过的天空，

翻译星星穿越玻璃的秘密……

二〇二一年八月五日

青海湖

太阳在上，湖水在侧，

正午的青海湖只为音乐和诗歌存在，

沉默的堤岸，只为波浪而诞生，

哪怕湖底干涸也照旧站立为坚固的墙壁……

清冽的湖镜倒映天空，

而湛蓝的天空正飘浮着苍茫的世相。

漫上一支实心的尕马令，在油菜花之间传递，

花儿的余韵沿着白云的裙边伸展……

透明的心绪，仿佛透明的绿叶，

怀抱着透明的花瓣；仿佛从来不曾离开，

我们合诵一首诗，诗句开始滚动，

仿佛子夜的月亮显身，随手把星星搬到了水面……

二〇二一年八月五日

玉米与男人
——和沈苇《玉米之上的玉米》兼致一萍

到了秋天，疲惫的玉米

需要找一个地方

躺下，仰望湛蓝的天空，

清点坚持大半生的直立与孤独，

露出金黄的肉身以炫耀阳光的温暖。

阿斯图里亚斯说，人是玉米做的，不能出卖……

在西域，在天池的侧畔，

三个南方的男人为情所动，

与一片玉米相亲相爱，

不问来处，也不介意未知的前途……

十年了，他去了晓看红湿的锦官城，

他带着穗子似的胡须和伤感回到西子沐浴的临安，

而我滞留北地，继续

与雾霾讨论生态主义的细节，

但西域的玉米不知去向，

虽说诗歌依然拥抱着每一根光秃的棒子。

二〇二一年九月二日

白 露

我喜欢白露的节气，

它让身与心一起摆脱了窒息的暑热，

惬意地体会清凉的中年。

春夏里曾经绚烂至极的鲜花完成了最终的转型，

以瓜果的形式再现于人间，

美，凸显了真的内核。

此刻，我漫步于黛青色的湖畔，

蓦然看见那些名叫兼葭的植物翩然起舞，

而一阵婉约的风簇拥着白金的穗须，

摇动了一泓秋水，正在轻轻呼唤自由的乳名。

二〇二一年九月七日